오늘의 집을 찾습니다

오늘의 집을 찾습니다

초판 1쇄 발행일 2020년 3월 16일
초판 2쇄 발행일 2020년 6월 20일

지은이 박도영
펴낸이 양옥매
디자인 임홍순
교　정 백상웅, 조준경

펴낸곳 도서출판 책과나무
출판등록 제2012-000376
주소 서울특별시 마포구 방울내로 79 이노빌딩 302호
대표전화 02.372.1537　**팩스** 02.372.1538
이메일 booknamu2007@naver.com
홈페이지 www.booknamu.com
ISBN 979-11-5776-864-6(03810)

이 도서의 국립중앙도서관 출판시도서목록(CIP)은 서지정보유통지원 시스템
홈페이지(http://seoji.nl.go.kr)와 국가자료공동목록시스템
(http://www.nl.go.kr/kolisnet)에서 이용하실 수 있습니다.
(CIP제어번호 : CIP2020009689)

오늘의
집을

찾습니다

✳ 박도영

책과나무

이 순간을 여러 번 상상했었다. 모든 글을 마치고 다시 처음으로 돌아와 서문 앞에 서는 날. 그날의 나는 어떤 말을 할까. 이 여행이 무엇이었는지에 대한 뭉클한 한마디일까, 다 쓰기 전에는 결코 알지 못할 특별한 깨달음일까. 나는 이제 그 상상의 순간에 섰다. 나에겐 끝이자 글에겐 시작인 이 지점에서, 드디어 난 한마디를 뱉는다.

"어니언링 한 접시 나왔습니다."

이 여행이 끝나고도 2년이 지난 여름, 제주에서였다. 버거 가게의 바테이블에 앉아 버거를 먹던 나와 윤은 끝내 어니언링을 시키고 말았다. 배가 작은 우리는 도저히 다 먹을 수 없는 양임을 알았지만, 눈으로만 보아도 겉의 바삭함과 속의 촉촉함이 느껴지는 그 영롱한 갈빛 음식을 주문하지 않을 수 없었다. 푸짐하게 쌓인 어니언링 한 접시를 앞에 두고 우리는 이것이 남아 차갑게 식어 갈 비극적 결말을 애달파하고 있었다. 그러다 문득 옆에서 홀로 버거를 먹고 있는 여행객을 보았고, 우린 그녀에게 어니언링을 도와 달라고 부탁했다. 그녀는 웃었고, 함께 먹은 어니언링은 바삭했다. 접시가 비어 갈 즈음 먼저 일어난 여행객은 고맙다는 말과 함께 무화과 파운드케이크를 하나 건네고 떠났다. 케이크를 만지작거리던 우리는 제법 오래 기분이 좋았다.

사소한 교환이었다. 그래서 누구도 애쓰지 않았음에도 우린 함께 기분 좋을 수 있었다. 무기력하기로는 남부러울 것 없던 내가 떠난 이 여행에서도 그랬다. 혼자가 되어 보겠다며 떠나서는 142명과 함께해 버린 168일의 여행. 그곳에는 처음이자 아마도 마지막으로 만난 여행객에게 이상하리만큼 선뜻 마음을 건네는 사람들이 많았다. 그 따끈따끈하고도 촉촉한 어니언링들이 신기해서 나는 오래 돌아오지 않았던 것 같다. 언젠가부터는 나도 그들처럼 조금 더 편하게 어니언링을 내어 줄 수 있는 사람이 되길 바랐다. 많은 사람들과 쉽게, 그리고 함께 기분 좋을 수 있기를.

여행을 마치고 그 맛과 기분을 내 접시에 기록하기 시작했다. 내게 어니언링을 전하던 이들과의 이야기로써 그 바삭함과 촉촉함이 오래 생생하길 바랐다. 그렇게 내가 이 어니언링들을 받았을 때처럼 이 글을 본 누군가도 함께 기분 좋았으면 했다. 짧지 않은 시간을 지나, 긴 여행은 이제 새롭게 요리된 어니언링 한 접시가 되었다. 여행을 떠나던 꼭 그때처럼 불안하고도 설레는 마음이다. 소복이 담은 이 한 접시를 내어놓으며, 어디선가는 또 다른 사소한 교환이 시작되길 바라본다. 아니면 그저 이 어니언링이 당신에게도 맛있었으면 좋겠다.

안녕, 나의 4년.

2020년 3월
박도영

chapter 6

운명보단 우연을

런던, 윈저, 브라이튼, 맨체스터, 요크, 에든버러, 배스

◇◇◇◇◇◇◇◇◇◇◇◇◇◇◇◇◇◇◇◇◇◇◇◇◇◇◇◇◇◇◇◇◇◇◇

러시아도 여전히 낯설었지만,
이곳을 떠난다고 생각하자 지난
시간들은 저들끼리 뭉치며 아직
오지 않은 시간들을 경계했다.
익숙한 것으로부터 떠나와서도,
덜 낯선 것들의 품속에서 망설
이는 게 나의 알량한 마음이라
니. 이제 고작 첫발이라며 마음
을 타이른다. 나는 덜 낯선 곳으
로부터 더 낯선 곳으로 향한다.

chapter 1

덜 낯선 것과 더 낯선 것들

서울, 상트페테르부르크

불안의
서막

시험이 끝났다. 아무것도 이해되지 않는 느낌에 허우적대며 밤새 공부를 했지만, 기말고사는 쉽게 출제되었다. 기억에는 뭣도 남지 않겠지만 성적은 적당히 나올 것이다. 어느덧 또 12월인지라 시험장 밖에는 어스름이 깔려 있었다. 같이 시험을 본 형이 태우고 있는 담배가 좌표를 찍어 주듯 천천히 깜빡였다. 그가 담배를 다 태우기를 기다리다가 내가 말했다. "나 좀 쉬어야 할 것 같아."

쉬어야겠다는 생각은 직관적이었다. 허기나 갈증처럼 머리를 포함한 몸이 받는 '때가 된 느낌'. 그리고 여기서 '쉼'은 '떠남'과 동의어에 가까웠다. 다만 '어디로, 왜, 어떻게'와 같은 물음들은 아직 이 충동을 따라오지 못하고 있었다. 보통의 인간에게 직관은 막연함에 대한 고급스러운 포장이곤 하지 않던가. 이 막연한 결심에 결정적 계기는 없었다. 그저 원인 불명의 피로가 한 해의 끝, 담배의 희미한 불빛 앞에 그 민낯을 온전히 드러냈을 뿐. 아, 힘들다.

'힘들면 그냥 힘든 거고, 그럼 쉬어야지.' 이토록 간단하고 명료한 생각 아래 그저 머리를 조아리면 될 것을. 하지만 일상의 관성은 썩 고집이 셌고, 그 아래서 길들여진 나는 뻣뻣했다. 내 피로의 원인과 떠나야 하는 이유를 나 스스로에게 이해시켜야 할 것만 같았다. 그래서 주변 이들에게 쉬어야겠다고, 떠나야겠다고 말하면서도, 아직도 모르겠는 '이유'를 고민했다. 혹 그들 중 누군가 왜 떠나느냐고 물으면, 나는 멋들어진 이유인 양 "그냥, 때가 된 것 같아서"라고 말하고는 돌아서서 불안해했다.

쉬겠다는 결정 뒤로 갈급한 것은 시간이 아닌 명분이었다. 스스로를 설득하지 못한 하루가 흘러가면 그만큼의 명분을 잃었다. 나는 내가 쉴 이유를 찾아야 했다. 적당하고 무난하던 일상의 면면들을 돌이켜 보았다. 문제는 없던 시간 속에서 문제로 자라난 것은 무엇일까. 모두가 각자만의 삶을 살아간다지만, 삶에도 으레 통용되는 공식 같은 게 있어 보였다. '해야 하는 것을 제때 하는 것.' 공부, 대학, 군대, 학점, 취직, 결혼, 육아. 이런 것들의 '제때'는 없다고 말하지만, 있다고 느껴졌다. 그 공식 아래, 해야 하는 일이 주어지면, 하면 됐다. 그 해야 하는 일들은 그 자체로 당위였고, 명분을 찾는 건 나의 몫이 아니었다. 나는 해야 한다고 생각되는 것들을 착실히

했고, 그것만으로도 충분히 바빴다.

　그런데 문득, 그렇게 착실히 어디로 가고 있었는지를 잊은 느낌이었다. 어디로 가고 있기는 했던가. 바삐 가는 나에게 어디로 가느냐 물으니, 바삐 가고 있다고 답할 뿐이었다. 그간 철학을 공부한다며 부단히 수업을 듣고 시험을 봤지만, 정작 나의 철학이랄 것은 아무것도 서 있지 않았다. 철학도 그저 밀려드는 해야 하는 일의 그럴싸한 이름 중 하나였다. 비주체적으로 사는 것과 자신이 비주체적임을 자각하는 것 사이의 간극은 컸다. 그 자각이란 새로운 발견이라기보단, 스스로 보지 않으려던 것을 보는 일과 같았다. 맹목적이던 나의 맹목 자체를 보는 일.

　들어 봄직한 얘기였다. 다만 주체적인 척을 하며 살아온 나의 이야기가 될 줄은 몰랐을 뿐. 이는 떠나는 이들의 진부한 명분이지만, 진부함이 진부하게 되기까지는 그만한 이유가 있음을 느낀다. 어쩌면 나는 나의 첫 주체적 선택을 '충동'이라고 읽을 줄밖에 모르는지도. 이 쌉싸름한 반성이 여행의 첫 이유였다.

몸과의
불화

모친과 부친은 내 몸에게 친절하라고 말하곤 했다. 몸이 하는 말을 들어 주라고. 목이 마르면 물을 마시고, 힘들면 쉬라는 얘기였다. 나름대로 노력은 했으나 그리 친절하지는 못했던 것 같다. 이번 학기 중반부터 내 몸과 나의 관계가 틀어진 것이 내 불친절을 방증했다. 이 불화가 떠나야겠다는 내 충동의 원인인지, 충동이 불화의 원인인지는 모르겠지만, 둘 사이에 관계가 있음만은 분명했다.

　시작은 설사였다. 몸은 불친절한 나에게 경고했다. 나는 어려서부터 건강에 대한 걱정이 많았다. 부친도 본인의 건강에 예민했고, 조부가 제일이셨으니, 아마도 유전에 따라 내려 받은 걱정인 듯했다. 그런 내게 사주를 보고 온 모친은, 가족 중 아무에게도 하지 않던 건강 얘기를 나에게만 했다며 항상 주의해야 한다고 말했다. 불안을 조장하는 그 말에 '무슨 일이든 있을 법하다'는 나의 생각이 더해져, 나는 내 몸 상태에 대한 온갖 안 좋은 상상을 하곤 했다. 그러니 묽은 변 앞에서 나의 상상이 배 속을 헤집어 놓은 것은 당연했다.

나는 생애 처음으로 큰 병원으로 향했다. 예약을 하고 간 병원은 아침부터 수많은 '어른'들로 분주했다. 마치 이상한 나라의 엘리스가 된 기분이었다. 혼란 속에서 '처음 오신 분'이라는 팻말이 나를 반겼다. 나는 내 증상을 말했고, 직원의 빠른 설명이 이어졌다. 내 이름이 박힌 카드 한 장이 만들어졌고, 마치 놀이공원 입장료를 내듯 '초진비'라는 돈 2만 원을 지불했다.

돈을 내고 안내에 따라 '소화기 내과'라는 다른 구역으로 이동했다. 거기서 만난 간호사에게 다시 한 번 증상을 말했다. 혈압을 쟀고, 의자에 앉아 창백한 모니터에 떠 있는 내 이름이 차례를 기다리고 있는 걸 지켜보았다. 기다림 끝에 닿은 진료실에는 나를 부른 또 다른 간호사와 의사 한 명이 있었다. 나는 또 증상을 설명했다. 마지막이길 바라며 가장 상세하게 얼마 동안 어떠했는지를 말했다. 내 얘기가 끝나자 의사는 나를 힐끔 보았다. "하루 몇 번 해요? 복통은 있어요? 구토 증상은?" 열 개 정도 질문을 하더니 그녀는 피식하며 대뜸 설사의 정의를 알려 주었다. '하루 세 번 회당 200g 이상'을 설사라 하며, 나는 그냥 '묽은 변'이라 했다. 그러더니 학교와 학년, 과를 묻고 여자 친구가 있느냐고 물었다. 묻는 이유를 알 수 없는 질문들이었으나 전세를 빼앗긴 나는 대답했다.

처방받은 약으로는 아무런 호전이 없었다. 2주 뒤 다시 큰 병원에 갔다. 17,070원의 상담료를 내고, 같은 절차를 거쳐 다시 의사 앞에 앉았다. 여전히 '묽은 변'인 채로 돌아온 나에게 또 같은 약을 쥐어 줄 수 없던 의사는 내시경 검사를 하자 했다. 그녀가 체크해 준 종이를 들고, 검사를 위해 돈을 내는 기계 앞에 섰다. 15만 원. 비싼 것을 빼 주었다는 가격이 15만 원이었다. 나는 가격으로 수치화된 묽은 변의 무게에 짓눌렸다. 내가 감당하고 있는 것이 내 병인지 큰 병원인지가 헷갈렸다. 결국 난 도망쳐 나왔다.

허탈했다. 처음 만났던 날, "묽은 게 신경 쓰여요? 삶이 신경 쓸 만한 일 없이 너무 편한가 봐요?"라던 이곳 의사의 말이 한 마리 모기처럼 보이지 않는 이쪽저쪽을 맴돌았다. 낫기 위한 길을 포기했으니 이제 감내해야 했다. 그 견딤의 시간도 떠나고자 하는 이유라면 이유일 것이었다. 마치 떠나면 이곳에 묽은 변은 두고 갈 수 있기라도 한 것처럼.

애써 이유를 찾고, 나는 부디 쌉싸름한 반성과 묽은 변만이 내가 떠나는 이유는 아니길 바랐다. 어쩌면 떠나기에 앞서 떠나는 이유가 있어야 한다고 생각하는 것 또한 강박일지도 모른다. 이유란 길 위에서 뒤따라 생겨나거나 만나게 되는 것일 수도 있으니.

러시아로 가는 비행기 표를 예매했다.

떠나는 이의

병명 病名

이제 떠나면 될 일이었다. 러시아에는 친구 림이 머물고 있었다. 오랜만에 멀리 떨어져 있는 친구에게 인사를 하러 가는 것은 제법 괜찮은 여행의 시작일 듯했다. 다만, 그다음이 없었다. 떠나는 비행기 이후의 일정들을 채우기엔 내 주관과 취향이 모자랐다. 그저 여행이 좋으니 목적지는 중요치 않다고 말하기엔 여행을 몰랐고, 여행의 방향이 될 테마를 잡기엔 나를 몰랐다.

학교를 다닐 적 나는 항상 인적 사항의 '취미·특기'란 앞에서 길을 잃곤 했다. 취미와 특기의 차이를 모를 뿐 아니라, 그 물음의 답이 나에게 없어 불안했다. 게다가 이 물음은 옆의 친구를 붙잡고 정답을 물을 수도 없다는 게 더 큰 문제였다. 그래서 황망히 불안을 덮어 보고자 잿빛 갱지에 "독서 및 음악 감상" 따위의 진부함을 채워 넣으면, 더 이상 나에게 취미나

특기를 묻는 이는 없었다. 그렇게 아이는 빈칸을 채웠고, 답이 없는 문제에서 답을 잃었다.

다행히 적당한 구색을 갖추며 자라는 데는 그 답도 물음도 필요치 않았다. 나는 분명한 답이 있는 문제들을 풀었고, 이들은 성적과 같은 점수들로써 내가 적당히 잘 살고 있다고 분명히 표기해 주었다. 그 숫자들로도 충분한 날들이었다. 그러다 여행을 떠난다는 내 앞에 아주 오랜만에, 빛바랜 갱지가 다시 놓였다. 어떤 여행을 할 것인가? 여전히 나에겐 좋아하는 곳도 좋아하는 것도 없었다. '여전히'라는 부사 하나가 아쉬웠다. 내 안에 충동의 편을 들어줄 무엇이 이리도 없을 줄이야. 긴 시간이 흘러도 여전한 나를 보니, 아무래도 좋아한다는 것은 시간이 하는 일은 아닌가 보다.

일상 밖으로 걷기 위해 내 안으로 발을 디뎠다가 길을 잃은 꼴이었다. 나의 내면을 후비고는, 답으로 채우지 못한 그 구멍에 갱지만 꾸역꾸역 삼켜 넣었다. 그러는 동안, 먹은 밥도 소화하지 못하던 나의 위장은 기어이 인내의 범주를 넘었다. 스스로 버티어 보겠다며 치기를 부리던 나는 결국 부모에게 나의 상태를 알렸다. 내 병을 혼자 감당할 자신이 없었기에. 그 후로 위장약과 소화제 등 갖은 약들을 먹고, 침을 맞고, 산을 오르고, 달리기를 하고, 안마로 만병을 고친다는 수기치료까지 동원했으나 위장은 꿈쩍도 하지 않았다. 끝내 홀로 포기했던 큰 병원의 내시경 검사를 받았다.

진단명은 '위근무력증'이었다. 지금의 나의 상황과 너무도 닮은 이름이라 생각했다. 그간의 불안들이 유쾌하지 않은 사실 앞에 맥이 풀어졌다. 위 근육이 무력하다니. 위에 근육이 있음을 처음 알게 된 순간이 그게 무력해진 순간이라니. 역시 있을 땐 모른다. 무언가를 당연하다고 생각하는 순간 우리는 무언가를 간과한다. 위장도 해야 한다는 일들만 한평생 하다가 지쳐 버리는데, 나라고 다를 게 무언가. 어느 순간부터 나는 일상 속 '해야 하는 것들'을 당연하게 여겼고, 그때부터 보지 못하던 것들이 지금에 이르러 들고 일어선 것이다. 충동으로, 무력함으로.

충동을 그럴싸한 이유와 목적, 방향이랄 것들로 포장하려던 나의 시도는 결국 반성만을 남겼다. 이는 어쩌면 오래전에 했어야 하는 시추 작업이었는지도 모르겠다. 내시경이 내 위장을 면밀히 살펴보듯, 내가 내 안을 살피어 보는 작업. 비록 답을 찾고자 파고 들어가서 발견한 것은 텅 빈 불안뿐이었지만, 문득 이렇게 헤집어 놓은 구멍으로 내가 찾으려던 답 같은 것들이 스밀 수 있지 않을까 생각한다. 아니, 스며야 한다고 생각하며 불안을 배낭에 메고 길을 나선다. 불안과 설렘은 이따금 손을 잡고 있으니, 아마도 설렘은 함께할 것이다.

여행은
환승에서 시작된다

탑승 대기 장소에서 벽을 바라본 채 어딘가를 향해 절하는 여인, 사시가 있는 어린 여자아이, 소리 없이 틀어져 있는 TV 속 우리와 닮았지만 알아들을 수 없는 말을 하고 있을 사람들.

TV 옆에 태연히 적혀 있는 LG OLED TV, 비행기를 타러 가는 문이 열렸을 때의 옅은 탄내, 남자아이의 투정 섞인 울음소리, 탁 트인 벌판 바로 옆으로 웅장한 조용함을 지닌 채 펼쳐져 있는 카라코람산맥.

내 머릿속에서만 맞춰질 수 있는, 내 머릿속에서도 지금만 맞춰질 수 있는 퍼즐 조각들. 강렬한 것은 아무것도 없지만 퍼즐은 맞춰지고, 그림이 된다.

알마티Almaty에서 환승을 했다.

커다란
이동

목적지가 없는 배는 불어오는 바람이 순풍인지 역풍인지를 구분하지 못한다. 하지만 나는 낯선 땅 어딘가에 떠 있고, 바람은 분다. 여행 앱을 뒤적이며 사람들이 '꼭 가야 할 곳'으로 꼽은 명소들을 찾아본다. 그러다 문득, 해야 하는 것들에 지쳐 예까지 떠나오지 않았던가 하는 생각에, 가야 하고 싶지는 않았다. 그래서였을까. 상트페테르부르크에서의 첫날밤, 이 길에서 만난 첫 친구이자 길잡이인 림이 나란히 누워 "내일 뭐 하고 싶어?" 물었을 때, 나는 "뭣도 안 하고 싶어."라고 답했다. 해야 하는 것에 대한 강박을 두고 왔다고 생각하며 답했는데, 말하고 보니 나태함을 들고 온 것 같기도 했다.

우리는 일상의 시간 속에서 항상 어딘가 갈 곳을 찾는다. 익숙함들로 둘러싸인 공간 속에서 시간을 쪼갠다. 익숙함의 지루함이 엄습하는 것을 피해 여기에서 저기로. 익숙함이 정해 주는 시간의 제약에 맞춰 분주히 가야 할 곳을 찾는다. 여행이란 이 시간 단위로 쪼개진 자잘한 이동들을 하나로 묶어 한 번에 치르는 '대이동'이 아닐까. 익숙함이 보채지 않는 곳으로 떠남으로써 공간 이동의 의무를 떨쳐 버리는 것. 시간을 쪼개는 대신, 자잘하게 여기저기 끼워 맞춰져 있는 디스크 조각들을 큰 덩어리로 조각모음 하여 비로소 '여유'라는 틈을 찾는 일. 나의 이번 여행이 그러한 여행이기를 바라본다. 여기까지 왔음으로 해서, 더 이상 어디론가 가야만 한다는 강박은 느끼지 않기를. 그리고 그렇게 생긴 작은 여유라는 틈에 나의 나태가 쏙 들어맞기를 바란다.

나는 상트페테르부르크Saint Petersburg에, 익숙함이라곤 어디에도 묻어 있지 않은 상트페테르부르크까지 왔다.

당당한
태연함

상트페테르부르크로 간다지만, 실은 정확히 어디로 가고 있는
지 몰랐다. 내게 상트페테르부르크는 고유명사라기보단 보통
명사였다. 그저 '도시' 혹은 '여행지'. 다만, 내가 발을 딛는 순
간부터 들이마시는 그곳의 내음, 지나는 사람들의 표정, 날씨
와 습도 따위의 자잘한 것들이 이 보통명사의 고유한 무엇들
이 되리라. 그렇게 나는 나만의 '상트페테르부르크스러운' 것
들을 만날 것이다. 여행은 어쩌면 그렇게 각자만의 형용사를
만드는 일인지도 모른다.

◇ ◇ ◇

"톨게이트를 두 번 지나왔으니 200루블Rouble을 더 내."

앱으로 부른 택시는 양심적이라고 했다. 그래서 그는 양심이 있어, 지나지 않아도 되는 톨게이트를 두 번이나 지나는 수고를 함으로써 돈을 정당하게 더 받고자 했다. 합이 855루블 (14,000원가량). 어쩔 수 없이 천 루블을 내놓자 이번엔,

"잔돈이 없어."

어느 정도 직감하고 있던 교환학생 림은 바로 길 건너의 '프로덕띠(편의점)'를 가리키며 저기에 가서 돈을 바꾸자고 하지만,

"그러고 싶진 않아."

틀린 말은 없었다. 그는 톨게이트를 지났고, 잔돈은 없으며, 편의점에는 가고 싶지 않은 것이다. 림은 한숨을 쉬었고, 택시기사는 천 루블을 들고 떠났다. 주홍빛 밤 나의 입국료는 천 루블이었다.

상트페테르부르크를 한 단어로 표현하자면, '태연함'이 적당할 듯하다. 이 태연함이란, 사람들의 엄청난 당당함에서 뿜어져 나오는 '나 또한 태연해야 할 것 같음'이다. 가령 택시기사가 너무나도 당당하게 "내가 너를 위해 잔돈까지 가지고 다녀야 해?"라고 말하면, 나는 들어 본 적 없는 그 말에 놀라지

만 이내 그의 태연함이 나의 놀람을 집어삼키고는 내게 수긍하는 태도를 가르친다. '천 루블만 갖고 있는 나의 잘못이구나….'

그 태연함은 거리에서도 쉽게 찾아볼 수 있었다. 놀랍게도 그들의 차선은 종종 스르륵 없어진다. 나에게 '입국료'를 받은 택시를 타고 시내로 들어오면서 보건대, 정해진 질서를 따라 나아가던 차들은, 어느 순간 차선이 없는 무질서 속으로 방생된다. 잘 길들여진 승마 체험용 말이, 돌연 경주마로 변모하는 그 태연한 격변. 그 무질서에 마음을 졸이는 건 러시아와 처음 만난 나뿐인 듯했다.

림이 직접 목격한 바에 따르면, 눈길에서 180도 드리프트를 통해 도저히 측면주차로 들어갈 수 없는 공간에 주차를 하는가 하면, 고속도로를 경주마처럼 달리다 바퀴가 툭 빠지자 태연하게 정차표지판을 뚝 세우고는 자기 바퀴를 갈아 끼우는 곳이 이곳 상트페테르부르크였다. 너무나도 태연하게 범퍼가 떨어져 있거나, 차체가 찌그러져 있거나, 무거울 정도로 먼지가 쌓여 있는 낡은 차들이 길에 수없이 주차된 것을 보면 분명 있을 법한 이야기다.

이 태연함의 근원은 이 도시의 어마어마한 공간적 규모가 아닐까. 사람들이 무수히 오가는 네프스끼Nevski 대로는 오밀조밀하기보단 큼지막하게 뜯어서 내던져 놓은 느낌이다. 그 옛날 그 시절부터 있어 왔음에도 그 대大가 그렇게 잘 어울릴 수 없다. 여기서부터 저기까지라고 하기엔 '부터'와 '까지'가 도통 보이지 않는 길. 이를 보고 '그래, 길이니까 그럴 수 있어 놀라지 마'라고 하다가, 네바Neva강을 따라 걸으며 겨울궁전을 보면, 몇 블록을 걸어도 몇 블록째 그 궁전 옆이라는 사실에 정말이지 들어갈 마음이 사라진다. 절대로 관광객에게 정복당하지 않을 당당한 규모. 그 크기와 태연함의 상관관계를, 조그만 나라에서 온 여행객은 그저 상상해 볼밖에.

일상
뒤섞기

상트페테르부르크에서는 매일 아침 림과 달리기를 나갔다. 내가 그에게 하자고 말한 유일한 일이 달리기였다. 이제 막 여행을 시작한 친구가 유일하게 하고 싶다는 것이 위근무력증 해소를 위한 아침 달리기라니 기가 찰 법도 했다. 그런 나에게 본인도 달리기를 하고 싶었는데 마침 잘됐다 하는 림. 그런 친구가 나의 첫 길잡이임이 감사했다. 우리는 때로는 표트르 대제의 기마상을, 때로는 어느 학교의 정원을, 때로는 아침 미사가 열리는 러시아 정교 사원을 지났다. 정작 위 근육에 도움이 되었는지는 모르겠지만, 구색은 제법 괜찮은 반복 행위였다.

나는 일상을 떠나왔지만 여행에 일상성을 묻히고 싶었다. 언젠가, 멋진 광경 앞에 설 때마다 담배를 한 대 피운다는 여행객의 이야기를 들은 적이 있다. 나는 지극히 일상적인 그 한 번의 호흡을 상상해 보곤 했다. 그 찐득한 행위는 낯선 자극에 일상성을 섞어서 기억하는 의식 같았다. 그 의식 후부터 그는 일상 속에서 담배 한 개비와 한 번의 들숨과 날숨으로 자신이 보았던 광경 어디로든 훌쩍 떠날 수 있지 않을까. 그게 그곳을 살아 보지 못하는 여행자가 파편적으로나마 그곳을 소유하는 방법이 아닐까 싶었다. 여행에 일상을 묻는 일이면서 일상에 여행을 묻혀 가는 일. 문제는 내가 담배 냄새를 싫어한다는 거였다.

  나는 담배를 피우지 않으니 대신 나만의 의식으로 한숨이라도 쉬어야겠다고 말했지만, 한숨은 영 미덥지 못했다. 흡연보다는 번거롭지만 달리기가 나만의 의식이 될 수 있지 않을까. 계속 뛸 수만 있다면 달리기라는 일상적 행위에 이 여행을 조금은 묻혀 갈 수 있을 것 같았다. 나는 짐짓 근엄하게 몸을 풀고, 정갈하게 운동화 끈을 매고, 낯선 거리를 달리며 나의 소화 장애와 일상, 상트페테르부르크를 뒤섞었다. 일상으로 돌아간 어느 날, 집 앞 골목을 뛰다 이 순간들로 떠나올 수 있기를 바라며. 덤으로, 달리기는 관광객이 흔히 하지 않는 행위라는 이유로 나는 뛸 때마다 관광객 티를 벗는 착각을 만끽할 수 있었다. 아침 일찍 나온 단체 관광객 옆을 뛰면서 지날 때는 내심 근거 없는 우월감에 흡족해하며.

돌덩이를
떠나보내는 일

나는 여기까지 혼자 온 것이 아니었다. 위 근육이 이유 불명
의 파업을 하면서부터 나의 위장은 제 존재감을 과시했다. 수
만 피트 상공을 날면서도, 낯선 땅의 아침을 달리면서도, 불
꺼진 림의 방 침대에 누워서도, 위는 나와 함께 있었다. 명치
왼쪽에, 묵직한 돌덩이처럼. 이 불편한 동행은 도무지 끝나지
않을 것 같았다.

상트페테르부르크를 떠나기 전날 밤, 술자리가 있었다. 림
의 교환학생 친구들과 나는 한 집의 마루에 둘러앉았다. 술잔
이 돌아가며 분위기는 알맞게 익어 갔다. 나는 아직 위장의 눈
치를 보느라 먹을 것을 조심하고 있었고, 술도 예외일 수 없었
다. 다만, 이 밤에는 핑곗거리가 많았다. 함께하는 사람들이
아직 낯설었고, 공간의 온도가 적당했으며, 몸이 나른했다.
아무리 어르고 달래도 요지부동인 내 안의 돌덩이에 지쳐 있

기도 했다. 그렇기에 내 술잔은 연거푸 채워졌고, 내 몸을 흐르는 물들은 이곳에서 저곳으로 황황히 돌아다녔다.

그러다 모든 감각이 적당히 흐릿해질 즈음, 내 손에는 노란 음료가 담긴 잔이 들려 있었다. 살짝 열린 창틈으로 밤거리의 냉기가 들어와, 얼굴에 오른 따뜻한 취기에 닿았다. 내 마지막 잔임을 알 수 있었다. 와인과 오렌지 주스, 러시아라는 이유로 들어간 보드카 등속이 뒤엉킨 벌주는 천진난만하게 나를 바라보았다. 위장은 걱정되지 않았다. 나는 그 노란 벌주를 마셨고, 그 밤, 사람들은 나를 변기 옆에서 찾았다.

더없이 뜨거운 밤이었다. 위장의 투정은 쉬이 묻힐 정도로, 몸속 모든 관들은 뜨거움을 호소했다. 마치 차갑게 넘어간 보드카의 알코올 도수가 온도로 바뀌기라도 한 것처럼. 그 보이지 않는 뜨거운 것을 어찌할 줄 몰라, 나는 깊은 밤 내내 이른 밤을 게웠다. 다음 날 점심에 림의 침대에서 눈을 떴을 때, 나는 차갑게 식어 있었다. 몸속에는 알알한 느낌 말고는 아무것도 남아 있지 않은 듯했다. 창밖에는 이미 무정한 햇빛이 가득 차 있어, 부운 눈이 부셨다. 간밤의 소란을 부끄럽게 만드는 적막한 오후였다.

그렇게 속이 빈 인형처럼 부엌에 널브러져, 안 닦인 식탁을 바라보고 있을 때였다. 아무런 생각이 없는 틈으로 나는 문득 배고픔을 느꼈다. 무력한 위를 든 나는 소화가 안 되다 보니 제대로 된 배고픔을 느낀 지가 오래였다. 한데, 그토록 마음을 써서 배려할 때는 꿈쩍도 않던 위가, 뜻하지 않았던 과음 따위에 움직인 것이다. 괜스레 분했다. 노력의 끝에 얻은, 노력과 무관한 성취의 씁쓸한 뒷맛이었다.

어쩌면 처음부터 '병'이랄 것은 없었는지도 모른다. 그저 묽은 변에서 시작된 나의 작은 불안이 과대망상으로 자라, 실체 없는 돌덩이가 되었는지도. 나는 위장에 대한 나의 관심과 배려가 오히려 독이었음을 깨닫는 데 이렇게 오랜 시간을 들인 것이다. 큰 병원의 의사가 했던 말이 돌연 머리를 울렸다. 삶이 너무 편하니 묽은 변 따위가 신경 쓰이는 것이라던 말. 그녀가 이 허무한 배고픔을 본다면 비웃을 것이다.

나는 빈속으로 시리얼을 욱여넣었다.

덜 낯선 것과
더 낯선 것들

알마티에서 상트페테르부르크로 오는 비행기에서 내 옆에는
한국인 중년 여성이 앉았다. 내가 여행길에 올라 처음 대화한
사람이 그녀였다. 이따금 가족들을 두고 러시아로 여행을 떠
나온다는 그녀. 그녀는 조금 눅눅하면서도 흐릿한 러시아의
날씨와 문학을 사랑한다고 했다. 나는 그녀가 말하는 러시아
를 몰라, 그저 그녀를 바라보았다. 그녀도 나를 보고 있었지
만, 그녀가 눈을 감을 때마다 그녀의 마음은 러시아 어딘가로
날아가 버리곤 했다. 나에겐 이 길이 낯선 곳으로 향하는 길이
었지만, 그녀에겐 당신의 마음을 두고 온 곳으로 향하는 길 같
았다. 문득 그녀가 낯선 곳으로 떠나온 것인지, 낯선 곳으로
부터 떠나온 것인지 궁금했다.

 엿새가 지났다. 이제 다음 어딘가로 떠나야겠다고 생각했
다. 다만, 나는 어디로 갈지를 몰랐고, 정해진 것이 없으니 마

음은 계속 이곳에 머무르자고 충동했다. 러시아도 여전히 낯설었지만, 이곳을 떠난다고 생각하자 지난 시간들은 저들끼리 뭉치며 아직 오지 않은 시간들을 경계했다. 우리는 얼마 쌓이지 않은 시간 속에서도, 머물던 곳곳에 기억을 묻는다. 고양이가 얼굴을 비벼 제 체취를 묻히듯, 우리는 장소에 '누구와 함께, 언제, 왜' 따위를 묻히고 이를 익숙함이라 부른다. 그러고 보면 이곳 러시아에도 어느 틈에 적지 않은 기억들이 묻어 있었다.

  림이 사는 세월의 굴곡이 그대로 드러나 있는 아파트의 벽들, 오래되고 무거운 대문, 두 명만 들어가도 가득 차 버리는 자그마한 엘리베이터, 초라한 놀이터 옆 한 번도 움직이지 않은 먼지 쌓인 자동차, 낯선 언어로 된 편의점 간판, 회색 등을 가진 까마귀, 얼어붙은 강, 그리고 함께하는 사람들. 얕은 시간의 흔적은 미풍에 흩어질지도 모른다. 다만 이 자잘한 익숙함들은 시나브로, 더 낯선 것들로부터 나를 감싸 줄 정도의 덜 낯선 것들이 되어 있었다. 익숙한 것으로부터 떠나와서도, 덜 낯선 것들의 품속에서 망설이는 게 나의 알량한 마음이라니. 이제 고작 첫발이라며 마음을 타이른다. 나는 덜 낯선 곳으로부터 더 낯선 곳으로 향한다.

맥도날드에 앉아 마주한 수많
은 이들의 거절, 멜리사와 일라
나를 만나 마시던 차 한 잔, 탐
페레로의 갑작스런 초대와 놓쳐
버린 행복버스까지, 그 일련의
사건들이 악수로 수렴되는 느낌
이었다. 그리고 그러한 나의 시
간들이, 나와는 한 번도 공유된
적 없던 생의 시간들에 닿았을
때, 그 하나의 촉각은 여행의 목
적이 되었다.

chapter 2

한 번의 악수를 위하여

헬싱키, 탐페레

첫 번째
물수제비

러시아는 일종의 교각이었다. 가까운 사람들 속 일상의 시간
과 온전히 홀로 떠도는 시간 사이의 마지막 교집합 지점. 3월
27일 새벽, 나는 그 교각을 건넜다. 하나의 국경을 넘는 심야
버스는 세 번 정차했다. 한 번은 라이플을 들고 승객을 하나하
나 노려보는 군인이 버스에 올랐고, 두 번은 나를 포함한 승객
들이 내려 내가 누구이며 왜 이곳에 왔다가, 왜 어디로 가는지
를 보고했다. 무사히 도착했으나 순항은 아니었던 그 여정을
지나, 나는 심각하게 춥고 흐린 헬싱키Helsinki에 도착했다. 정
류장에서는 아무도 나를 기다리고 있지 않았다.

　이곳부터는 나를 기다리는 사람도 내가 기대하는 사람도,
오지 않은 것이 아니라 없는 곳이었다. 홀로 여행하고자 떠나
왔어도, 홀로됨에서 오는 막연한 불안은 어쩔 수 없다. 게다
가, 떠나와 있음에도 나는 여전히 어떤 여행을 해야 할지 갈피

를 잡지 못하고 있었다. 그런 내가 헬싱키에 온 이유는 그저 상트페테르부르크에서 13.5유로Euro로 넘어올 수 있는 가장 가까운 유럽이기 때문이었다. 그러니 내가 핀란드에 대해 알고 있는 정보라고는 '북쪽에 있음'뿐이었고, 버스 정류장을 나가면 어디로 발을 디뎌야 하는지조차 몰랐다. 그 '총체적 바깥'이 주는 불안 앞에서, 온실 속에서 자란 화초는 북쪽 땅에 도착하자마자, 온실로 전화를 걸었다.

태연한 척 정류장 한쪽 구석에 앉아, 엄마 아빠와 통화를 했다. 나는 예전부터 모부 앞에서는 차갑고 무뚝뚝한 태도를 보이곤 했다. 그것이 나에게 아무 일도 없으며, 무슨 일이 있을지라도 스스로 해결할 수 있다는, 어른이 되었다는 나름의 선언이 되리라고 생각했다. 차분함에 대한 어린 이해로 시작된 삐뚤어진 태도였다. 그러다 보니 내 불안이 하게 만든 오랜만의 연락이었음에도, 나는 차갑고 무뚝뚝한 태도가 나의 평소 모습과 일치하여 모부가 안심할 거라는 변명 섞인 이유로 살갑지 않게 통화를 마쳤다. 멀리 떠나와서도 계속되는, 어른이 되었음을 인정받고자 부리는 어리광이었다.

여행의 시작에서 림이 나에게 무얼 하고 싶은지 물었을 때, 뭣도 안 하고 싶다고 대답했던 것도 어쩌면 친구라는 울타리에 기대어 부린 어리광이었는지도 모르겠다. 혼자 여행한다는 것은 무엇이든 내가 선택할 수 있는 자유와 동시에, 무언가는 반드시 내가 선택해야 하는 책임을 필요로 했다. 책임은 두고 자유만 들겠다는 어린 내가 그 무엇도 하지 않을 수 있었던 것은, 나를 대신하여 림이 먹을 것과 잘 곳에 대한 선택의 책임을 들어 주었기 때문임을 그제야 알았다. 지금의 나는 배가 고프지만 어디서 음식을 찾을지도 몰랐고, 오늘 내 몸 하나를 누일 곳도 찾지 못했다.

◇ ◇ ◇

당장 유일하게 분명한 것은 허기였기에, 불안을 든 채로 마지막 안전지대 같던 버스터미널을 나섰다. 겨울의 끄트머리, 일요일 아침의 헬싱키 거리는 공간이 넓어서인지 사람이 적어서인지, 삭막하고 싸늘했다. 하늘의 잿빛도 장면에 스산함을 더했다. 그 차가운 분위기를 조금은 덥혀 줄 누군가 혹은 무언가를 찾아 헬싱키 중앙역 쪽으로 걸었다. 이 북방의 도시 그 어디에도 딱히 생기랄 것은 보이지 않았으나, 세계 어디서나 같은 표정으로 서 있는 맥도날드가 보였다. 너무 흔하여 전혀 반기지 않던 것도 낯선 추위 속에서 만나니 제법 반가웠다.

만국의 치외언어권 같은 그 공간에서 나는 망설임 없이 영어로 맥모닝을 주문하고 자리에 앉았다. 오늘 밤 내 몸 하나 누일 공간을 찾는 것은 맥모닝 주문처럼 간단하지 않았다. 혼자 여행을 떠나오면서 돌아가는 비행기도, 다음 목적지도 정하지 않았지만 유일하게 마음먹었던 것이 '카우치서핑Couch surfing'이었다. 여행의 테마는커녕 어디로 가야 할지도 모르지만, 나는 그저 한정된 돈으로 가늘더라도 가능한 길게 떠돌고 싶었다. 이 공허한 목표를 듣던 친구가 쥐여 준 유일한 팁이 카우치서핑이었다.

내가 처음 이해하기로, 이는 여행자를 위한 주거 공유 SNS이자 여행에서 공짜로 잘 수 있는 몇 안 되는 방법 중 하나였다. 나의 프로필을 작성하고, 해당 도시에 사는 이들에게 메시지를 보내 이야기를 주고받다가 마음이 맞으면 그들과 함께 머무는 것. 얼핏 보기엔 이보다 완벽한 것이 없어 보였다. 그리고 맥모닝을 받아 오면서, 세상은 얼핏 볼 때가 더 좋은지도 모르겠다고 생각했다.

오늘 잘 곳이 없는 이유도 카우치서핑 때문이었다. 마음을 먹었던 만큼, 프로필은 한국에서 미리 만들어 두었다. 순전히 주관적인 기준으로 '신뢰를 줄 것 같은' 사진들도 올렸다. 러시아에서 림과 지내는 동안에는 매일 헬싱키에 있는 카우치서퍼Couch surfer(카우치서핑을 이용하는 사람들)들을 검색했다. 나를 소리소문 없이 해하지는 않을 것 같은 프로필의 사람을 골랐다. 처음에는 마음을 다해 딱 한 명에게 장문의 쪽지를 보냈다. 그리고 '미안'이라는 단어 하나와 함께 거절을 당했다.

그 첫 거절이 긴 연쇄의 시작인 줄 그땐 알지 못했다. 매일 하나씩 쪽지를 보냈고 매일 하나씩 거절되었다. 때로는 안 되는 이유에 대한 설명과 함께, 때로는 아무 말 없이 거절되었

47

고, 때로는 거절도 승낙도 되지 않은 채 조용히 쪽지가 만료되었다. 꾹꾹 눌러 적어 보낸 편지들은 잘못 접은 종이비행기처럼 날리는 족족 땅바닥에 꽂혔고, 그 추락은 국경을 넘어서도 이어졌다.

맥도날드에 앉아 아침을 먹으면서도 몇 개의 거절을 더 목격했고, 종이비행기를 몇 개 더 날렸다. 이젠 날리면서도 안 될 걸 내가 미리 아는 느낌이었다. 그제야 나는 거절당하는 것보다 거절당할 물음을 스스로 피하는 것에 익숙해져 있었음을 알았다. 생면부지인 사람들의 거절들은 의외로 묵직하게 나를 눌렀고, '나는 되지 않을까?' 생각하던 오만함은 위축되었다. 그럼에도 굳이 점심까지 기다렸던 것은 이 첫 마음먹음에서 그만두면, 내가 아끼는 나의 오만을 지키고자 카우치서핑 시도를 영영 그만두게 될 것 같아서였다. 멍하니 나의 첫 여행지인 맥도날드 안을 바라보며 기다렸다. 사람들이 들어와 무언가를 먹고 다시 나가고, 소음들이 가까워졌다가 멀어지고, 시선들이 부딪혔다가 지나가고, 모든 요청은 거절되었다.

아무도 만난 적은 없었지만 모두에게 거절을 당했다. 거절도 거절이지만, 하릴없이 흘러가는 시간은 '오늘 밤 잘 곳이 없음'에 대한 나의 막연한 불안을 숫자로써 구체화해 주었다. 거절과 실패에 대한 여유 있는 두려움보다도 당장 오늘 밤 스산한 북방도시의 거리를 배회하게 될지 모른다는, 생존에 관한 실질적 두려움이 마음에 스몄다. 이런 순간에는 자존심도

짐짝과 다를 바 없었다. 결국 나는 내 여행의 유일한 계획이었던 카우치서핑을 포기했다. 맥도날드 안에는 "엄마가 괜찮댔어, 엄마가 괜찮댔어.When Mama said that it was okay, Mama said that it was quite alright.(Lukas Graham 〈Mama said〉)" 하는 노래가 흘러나오고 있었다. "우리 같은 사람도 오늘 잘 침대 정도는 있어.Our kind of people had a bed for the night."라고 말해 주는 이름 모를 팝 가수에게라도 위로를 받으며, 카우치서핑 앱을 닫고, 돈으로 살 수 있는 하룻밤 숙소를 찾기 시작했다.

돈을 들고 숙박앱들로 숙소를 찾은 지 15분 만에 3만 원짜리 방을 구했다. 그 3만 원은 지난 일주일간의 내 노력과 방금 전까지 짐짓 근엄하게 내 안에 자리하고 있던 두려움들을 조롱하는 듯했다. 돈으로는 너무 많은 게 쉽고 편한 세상이다. 갈등과 두려움이 있던 자리엔 그렇게 안도와 허탈함이 앉았다.

그제야 제 효용가치를 다한 맥도날드를 나왔다. 분명 아침 8시부터 그곳에 앉아 한참 동안 무언가를 치열하게 했지만, 결과적으로는 그저 맥모닝 하나를 먹고 나온 기분이었다. 과정은 부정되고 결과만 남은 탓인지 허기가 졌다. 물론 생체 리듬상 점심시간이 지나 있기도 했다. 다행히 그새 거리의 스산함은 많이 걷혀 있었다. 늘어난 행인들이 도시의 삭막함을 조금씩 지웠고, 간신히 나타난 햇빛 덕에 아까보다 춥지 않았고, 어쨌든 나에게는 잘 곳이 있었다.

◇ ◇ ◇

숙소에 도착했다. 핀란드에는 헬싱키만 있는 줄 알았던 나는 어쩌다 보니 버스를 타고 바다를 건너 바로 옆 에스푸Espoo라는 도시에 있었다. 분명 헬싱키로 검색해서 구한 숙소였다. 에어비앤비airbnb로 구한 그 숙소는 입구에 주방이 있고 정면과 왼쪽에 방이 하나씩 있었다. 왼쪽 끝 방문은 닫혀 있었고 알아들을 수 없는 언어가 빠르게 흘러나오고 있었다. 호스트는 여행 중이라 했으니, 그곳에 있는 게 누군지는 알 수 없었다.

바로 앞 방문에는 "환영해요!"라는 문구가 붙어 있었다. 소파, 침대, 책상이 하나씩 있고, 다녀간 이들의 흔적이 남아 있는 칠판이 하나 있었다. 방은 꽤 컸고, 가구들은 모두 성기게 배치되어 어색한 느낌을 자아냈다. 하지만 한쪽 벽면 가득 뚫려 있는 창문은 어색함을 포함한 여타의 느낌들을 무색하게 만들었다. 창밖으로는 빼곡한 키다리 숲, 그 너머엔 호수처럼 생긴 커다란 만灣이 무성한 가지들 사이로 보였다. 그제야 내가 갖고 있던 북유럽에 대한 고정관념들이 하나둘 떠올랐다. '아, 나 북유럽에 왔구나….'

낯선 풍경을 인지했을 때, 내가 여행 중임을 새삼 확인했다. 문득 무언가 하고 싶은 충동이 일었다. 그러나 무얼, 어떻게 할지를 몰랐다. 여행지에 처음 발을 딛고 짧은 기간 동안 여행은 '일상으로부터의 벗어남'인 듯하다. 그동안에는 각자가 상상해 온 탈脫일상의 조건들을 여행지에서 찾고자 한다. 누군가에게는 보지 못하던 새롭고 아름다운 것들이고, 또 누군가에게는 맛있는 음식과 여유 섞인 커피 한 잔이며, 나에게는 해야 하는 것들로부터의 벗어남이었던 것 같다. 그래서 나는 첫 일주일 동안 고집스럽게 아무것도 하지 않기 위해 노력했다. 내가 무얼 하고 싶은지 모르는 상태에서 해야 하는 것들을 빼면 그저 '아무것도 하지 않음'만 남으니.

그런 탓에 나는 이제 무언가를 하고 싶다는 자발적 욕구를 만났음에도 뒤통수만 긁적이고 있을 뿐이었다. 뭘 하지? 헬싱키에도 맥도날드 외에 뭐가 있는지를 모르는데, 하물며 오늘 처음 들어 본 도시에서야 생각나는 할 거리가 있을 리 만무했다. 보고자 하는 것이 없고, 볼만한 것을 알려 줄 이도 없으니, 일단 보이는 걸 보기로 하고 창밖의 숲으로 향했다.

나무들 사이에는 좁다란 오솔길이 있었고, 바다는 생각보다 가까이 있었다. 만에 들어찬 바다는 호수만큼이나 잔잔한 탓에 그 가장자리, 손끝과 발끝이 얼어 있었다. 그 얼음 위로 마치 두피에 꽂힌 머리카락들처럼 자라 있는 갈대들만이 미세하게 움직이며 들고나는 바람의 모습을 그렸다. 고요가 얼어 버려 적막이 들어찬 느낌이었다. 스스로 움직이는 것이라고는 나밖에 없었고, 언젠가는 제 동력을 뽐내었을 타이어 하나가 어찌 된 영문인지 얼어 버린 바다 위에 덩그러니 멈추어 있었다. 사뭇 허한 이번 여행의 첫 바다였다.

만을 따라 이어진 오솔길을 한동안 걷다가, 가까운 대형마트를 찾았다. 큰마음을 먹고 시내의 레스토랑에서 먹고 온, '헬싱키식' 점심은 비싸고 짰다. 그 실망의 여파가 뇌리에 남아 있는 만큼, 당분간은 식사보다 식량을 택하기로 했다. 식빵 한 봉지와 바나나 한 다발, 크림치즈, 우유, 시리얼. 오늘 저녁과 내일 아침 그리고 몇몇 아침들을 더 담당할 양식들.

왠지 모르게 그 크기와 무게만큼 근심을 덜어 주는 대형마트의 대형 비닐봉투를 들고 어슴푸레해질 즈음 숙소에 돌아왔다. 왼쪽 끝 방문은 여전히 닫혀 있었고, 이제는 아무 소리도 나지 않았다. 창밖의 풍경은 어스름 속으로 잠겨들고 있었다. 냉랭했던 하루를 온수로 씻어 내고, 저녁을 먹기로 했다. 바깥의 빛들마저 사라지자 집은 더없이 고요했다.

이 공간과 이곳에 있을지도 모르는 동거인이 유지하고 있는 침묵 속에서 내가 내는 모든 소리는 파열음이 되었다. 묘한 부담감에 최대한 조용히 부엌을 뒤지며 식기들을 찾았다. 아무래도 식빵을 구울 도구는 보이지 않아, 맨식빵에 크림치즈를 바르고 바나나 반 개를 썰어 올렸고, 사발 하나에는 시리얼에 우유를 붓고 나머지 바나나를 넣었다. 다해서 2유로도 안될 이 한 끼가 28유로짜리 점심보다 낫다고 느낀 건 썩 유쾌하기만 한 경험은 아니었다.

빠른 섭식을 마치고 내가 썼던 식기들을 씻어서 마치 아무도 쓰지 않은 것처럼 다시 넣어 두고 방에 들어왔다. 오래지 않아 왼쪽 끝 방에서 누군가 나와서 무언가를 만들어 먹었고, 다시 방으로 돌아가 문을 닫는 소리가 들렸다. 이제 널찍한 유리창에는 듬성듬성 놓인 가구들 가운데 앉아 있는 내 모습밖에 보이지 않았다. 잠들기 전, 내일을 의논할 대상도 없다는 자각이 묘하게 혼자임을 부각시켰다. 나의 3만 원이 허락받은 건 오늘 밤뿐이었다. 내일을 또 맥도날드에서부터 시작하고 싶지는 않았다. 핸드폰을 뒤적이며 내일의 대책을 찾아보다가 스르륵 잠이 들었다. 스프링이 꺼져 있는 침대 중앙에는 내 엉덩이가 꼭 들어맞았다.

칠판에 '굉장하다'고 적혀 있던 일출을 봐야겠다는 생각을 까먹고 잠들었으나, 일출을 놓치지는 않았다. 어쩌면 이곳을 다녀간 이들이 일출을 보려는 마음을 먹고 본 것만은 아닐 거라는 생각이 들었다. 커다란 창에는 커튼이 없었고, 빛은 내 얼굴로 바로 쏟아졌다. 누워 있는 채로 비몽사몽 고개만 일으켜서 북유럽 하루의 주홍빛 시작을 보았다. 일출의 광경을 누운 채로 감상할 수 있음이 좋으면서도, 저 눈치 없이 드세지는 빛을 졸린 내 앞에서 치울 수가 없음에 스트레스를 받았다. 다행히 그 스트레스 덕분에 금방 다시 잠이 들었다. 잊을 수 없을 어떤 하루의 시작이었다.

◇ ◇ ◇

잊지 못할 하나의 순간으로 가는 길은 지난밤, 잠들기 직전에 시작되었다. 아침부터 산란하게 부유하던 마음속 미세 먼지들도 그즈음 많이들 가라앉아 있었다. 무난한 취침이 보장된 밤을 앞두고 마음은 그제야 지난 아쉬움을 돌아보았다. 애초에 계획한 것이 카우치서핑 하나였기에 아쉬울 것도 그것 하나였다. 사실 카우치서핑이 무엇인지, 정말 나와 맞는 여행일지도 모르면서 그것을 하지 못했음에서 아쉬움을 느끼는 것이 이상하긴 했다. 그것은 아마도 일주일간의 노력에 대한 보상심리 혹은 공짜를 기대하다 내버린 3만 원에 대한 아까움 혹은 그저 오늘이 조금 심심했던 나머지 아직 해 보지 않은 여행 방법에 대해 품은 막연한 선망이 아니었을까. 어쨌거나 나는 3만 원 동안의 평온에 기대어 다시 카우치서핑을 뒤적거려 보았다.

다시 의지가 꺾이려 할 때쯤, 출구가 제 빛을 슬쩍 드러냈다. 처음부터 지금까지 나는 지역 검색에 헬싱키만 입력해 왔다. 아는 곳이 그곳뿐이었으니. 그러나 교묘한 에어비앤비 덕에 나는 지금 에스푸에 앉아 있지 않던가. 에스푸로 검색을 하자, 어느새 다 익숙해져 버린 (나를 거절한 숱한) 사람들이 아닌 다른 이들을 찾을 수 있었다. 다시 새로운 장이었다. 숱한 거절의 경험치가 초연함을 심어 주진 못했지만, 맥도날드에서의 아침보다는 침대를 옆에 둔 밤이 조금은 더 여유가 있었다.

천천히 호스트들의 프로필을 둘러보기 시작했다. 그중 동양인처럼 생긴 한 여성의 프로필에 나는 한동안 머물렀다. 프로필 사진 속 폰Fon이라는 이름의 그녀는 진중한 표정으로 노래나 연설을 녹음하듯 마이크 앞에 서 있었다.

"혼란스러워하지 않는 모든 사람은 그 상황을 진정으로 이해하고 있지 못한 것이다.Anyone who is not confused does not truly understand the situation."

한결같이 혼란스러워하던 나의 마음이 그녀가 적어 둔 한 문장에 적잖이 동요한 것이 시작이었다. 프로필을 읽으면서부터 나는 그녀에게 배우고 있었다. 호스트의 프로필을 읽는 것이 아니라, 좋은 글을 읽는 듯했다. 그녀는 사람을 좋아하는 사람이며, 취약 계층을 위한 인도주의적인 활동을 직접 해나가고 있는 사람이었다. 프로필에는 진지함에 유쾌함이 녹아들어 있어서, 그녀의 마음이 부담스럽지 않게 잘 드러났다. 술하게 메시지를 보내 보도록, '이 사람을 한 번쯤 만나 보고 싶다'고 생각한 것은 처음이었다.

다만, 그녀의 프로필 서두에는 "4월까지 예약이 꽉 차 있음"이라고 쓰여 있었다. 유럽 내 난민 문제가 심각하다 보니 그녀의 가족은 그들의 집에서 난민 가족이 함께 지낼 수 있도록 도와주고 있었다. 핀란드는 난민들이 일정 기간을 핀란드 내에서 지내야만 정착을 허가하는 만큼, 난민들에겐 지낼 곳이 필요했다. 그런 상황임을 보고도 "나 좀 재워 줘"라고 할 수는 없는 노릇이었다. 그리하여 나는 처음으로 숙박 요청이 아닌,

장문의 메시지를 보냈다. 그저, 당신을 만나고 싶다고.

　밤에 마음이 동하면 으레 그러듯, 메시지는 길어졌다. 나는 사회적인 문제들을 깊이 고민하며 살아오지 않았고, 그런 공동의 문제들에 직접 부딪히며 활동해 본 적도 없음을 고백하며 그녀와 얘기를 나누고 싶은 마음을 적어 보냈다. 그녀를 만난다면 나에게도 어떤 관심과 동기가 생기지 않을까. 문제는 그녀의 집에서는 잘 수가 없고, 내일 숙소도 아직 없는데, 편지 하나에 마음을 온통 써 버리는 바람에 목욕재계를 통한 심신 안정이 잠시 허락한 열의가 한풀 꺾였다는 것이었다. 어느새 졸음이 찾아와 있기도 했다. 그리고 지금의 졸음은 내일 잘 곳이 없다는 것을 신경 써 줄 정도로 배려심이 있지 않았다.

　간신히 다른 프로필들을 뒤적거리고 있던 즈음, 그녀에게서 답이 왔다. 그녀의 가족은 지금 그리스를 여행 중이라고 시작하는 메시지였다. '아, 이놈의 카우치서핑….' 그런데 이어지는 말은 조금 이상했다. "내일 몇몇 멕시코인들이 우리 집에 올 거야. 내가 그 사람들과 페이스북Facebook으로 연결해 줄게. 우리가 그리스에 오기 전에도 그들이 우리 집에 머물렀어서 키를 가지고 있거든." 무슨 상황인지는 잘 모르겠어도 묘하게 기회같이 느껴지는 순간이었다. 나는 그녀에게 페이스북 아이디를 알려 주었다.

　다음 날 아침, 그녀와 나 그리고 어떤 멕시코인이 있는 페이스북 대화창이 만들어져 있었고, 그날 저녁에 난 '몇몇 멕시

코인들'을 만났다. 충분한 정보가 뒤따라오지 못한 채로 진행
된 갑작스러운 전개였다. 머릿속의 성긴 정보들은 저들끼리
엉겨 붙어서, 나는 '멕시코 난민'들을 만난다고 생각했다. 당
시 문제가 되던 유럽 난민사태는 주로 남아시아와 발칸반도의
난민이 대거 유입되면서 발생했다. 하지만 이조차도 관심 있
게 보지 않았던 나는 혼자 '멕시코 난민'들을 만날 마음의 준비
를 했다.

　우리는 나의 어제가 시작되었던 버스터미널에서 처음 만났
다. 나는 혹여나 나의 무지가 살던 곳으로부터 떠나온 그들에
게 상처를 입힐까 불안한 마음에 한껏 조심했다. 그러나 정작
그들은 멕시코인'들'도 아니었고, 난민들은 더더욱 아니었다.
멜리사Melissa는 멕시코인 학생이었고, 그녀의 친구 일라나Ilana
는 미국인 학생으로, 둘은 함께 핀란드를 여행하고 있는 중이
었다. 다만 처음 만났을 때 그들의 지친 모습과 커다란 짐, 추
위를 단단히 대비한 듯한 패딩을 보고, 나의 선입견은 그들이
난민이라는 추측을 지지했다. 대화를 하다 보니 그 지친 행색
은 그저 그들이 오로라와 산타마을을 찾아 핀란드 북쪽으로
이제 막 여행을 다녀왔기 때문이었다. 설원에서 감기를 주워
온 일라나는 계속 코를 훌쩍이고 있었다. 산타의 짓궂은 선물
인 듯했다.

　그날 밤 나는 아직 만난 적도 없는 폰 가족의 집에서, 먼 아
메리카 대륙에서 온 두 친구와 마주 앉았다. 우리는 주인 없는

집 식탁에서 대화를 나누고 있었다. 멜리사도 폰과 그저 한 번 만난 사이라 했다. 한 번 만난 이에게, 만난 적 없는 이를 재워 달라며 집을 내어 주는 건 내겐 감사한 일이면서도 이해할 수 없는 일이었다. 가만히 앉은 우리 사이에 놓인 찻잔에서 피어오른 김이 유유히 유려한 곡선을 그렸다. 지금으로서는 이 찻잔이 가장 이 집의 주인에 가까웠다.

문득 이 순간이 말이 안 된다는 생각에, 눈앞의 배경들이 일그러지려 했다. 사실적인 감각을 눈으로 받고 있으면서도, 머릿속 상식의 틀이 자신이 이해하지 못하는 것을 받아들이지 않고자 그 시각을 흩어 놓는 것 같았다. 미국인, 멕시코인, 한국인이 태국-핀란드계 혼혈인의 빈집에 모이기까지의 지구적 우연. 곱씹으면 어마어마한 순간에 우리는 태연히 앉아 차를 홀짝였다. 생경한 장면은 어언간 펼쳐졌고, 나의 이해는 뒤늦게 따라오고 있었다. 나의 첫 카우치서핑이었다.

부엌에서는 아마도 폰의 가족이 기르는 것 같은 기니피그 두 마리가 서로의 당근을 탐하며 물고 당기고 있었다. 뽀잉뽀잉― 처음 들어 보는 기니피그들의 울음소리만큼이나 낯선 경험. 내가 이 순간을 찾아온 것은 아니지만, 이러한 순간들을 찾아다닌다면 이 여행은 충분하지 않을까.

◇ ◇ ◇

만남은 짧았다. 폰은 멜리사와 일라나가 머무는 동안은 내가 함께 머물러도 된다고 덧붙였었다. 하지만 일라나는 내일 아침 6시에 미국행 비행기를 타야 했고, 멜리사도 자신의 학교가 있는 핀란드 북쪽 탐페레Tampere라는 도시로 돌아가야 했다. 북풍에 놀라 터져 나오는 콧물을 계속 끌어 올리던 일라나는 차 한 잔을 끝내자마자 콧물과의 외로운 사투를 포기하고 잠을 청하러 갔다. 나와 멜리사는 남은 차를 마시며 조금 더 얘기를 나눴다. 내일은 각자의 길을 가야 하니.

그녀도 카우치서퍼였다. 한 달 전 헬싱키로 여행을 오면서 호스트를 찾던 중 폰에게 메시지를 보냈고 그녀도 그때 처음 폰과 알게 되었다. 그리고 일라나가 출국하기 하루 전날인 오늘, 폰은 자신이 집에 없더라도 멜리사가 집에 머물 수 있도록 키를 미리 건네주었다. 그런 그들에게 고작 메시지 하나를 주고받은 여행객인 나까지 자신의 집에 데려가 달라고 얘기한 폰. 나의 마음으로는 그녀가 가진 사람에 대한 믿음의 크기를 가늠할 수 없었다. 나라면 못 했을 일을 누군가 나에게 해 주었을 때, '나는 못한다'고 생각하는 나의 고집스런 벽에는 크건 작건 생채기가 생긴다.

나는 얼마 안 된 이 여행을 떠나오게 된 이유, 여행의 지금까지와 앞으로에 대한 얘기를 했고, 멜리사는 미국에서 과학 대외 활동을 하다가 일라나를 만난 얘기, 자신의 여행과 카우치서핑 경험들을 얘기했다. 그녀가 지나온 삶의 영역과 경험

의 폭은 퍽 넓었다. 그 넓이를 품고 있는 그녀는 나보다 단단
하면서도 세상을 향한 정이 많은 사람 같았다. 짧은 대화 속에
서 내가 느낀 것을 보면, 난 아직 보지 못한 이 집의 주인 또한
그것을 느꼈기에 멜리사를 믿었을 것이다. 나는 과연 누군가
에게 믿을 만한 사람일까. 내 앞에서 차를 마시고 있는 이 정
많은 친구는 나를 믿을 만하다고 보고 있을까.

대화는 즐거웠지만 그녀도 나도 잠을 미룰 만큼의 체력은
없었고, 난 다시 내일 밤을 가려 줄 천장을 찾아야 했다. 두
번째 차를 비웠을 즈음 그녀는 잘 준비를 하러 갔고, 나는 다
시금 카우치서핑 앱을 틀었다. 아직 오늘의 여운이 가시지 않
고 있었다. 굳이 표현하자면 상식의 인지 거부 상태랄까. 나
도 모르는 새에 상식은 고집스럽게 자라 있었고, 낯선 것에는
낯을 가렸다. 『데미안』의 싱클레어가 알을 깨고 나오던 것처
럼, 나 또한 나의 알 틈으로 들어오는 새로운 빛 가닥을 낯설
어하며 알을 깨는 중인지도 모른다. 기이한 시작이라 생각했
다. 다만 시작은 반이 아니라 딱 하루였다. 여운이 계속 뭉그
적거리기엔 내일이 밀려들었다. 다시 낯선 사람들의 프로필을
살펴보고, 나와 시간을 보낼 수 있는지 물어본다. 당장 내일.

요청 하나를 거의 완성했을 때, 멜리사가 잘 준비를 마치고
내가 있는 식탁으로 왔다. 그녀는 내일 아침 8시쯤엔 출발해
야 한다는 것과 내가 잘 소파에 담요를 올려 두었음을 알려 주
었다. 나는 지금까지의 모든 과정에 대한 고마움을 전하고,

지금 쓰던 요청만 보내고 자겠다며 잘 자라고 말했다. 나에게
도 잘 자라 말하며 일라나가 잠들어 있는 방으로 들어가던 멜
리사가 문득 멈추고는 나를 다시 돌아보았다. 잠시 무언가를
생각하던 그녀가 조심스레 입을 뗀다.

"너도 나랑 탐페레에 갈래?"

아, 나도 조금은 믿어 봄직한 사람인가 보다.

나는 그렇게 들어 본 적 없는 도시로 향하게 되었다. 그리고
이 이상한 오늘이 남긴 여운은 조금 더 머무를 정당성 혹은 여
유를 얻었다. 불 꺼진 집에는 주인이 없고, 나는 주인 없는 집
소파에 누워 있다. 이 묘한 시작이 이번 여행의 반은 아닐지라
도, 얼마나 이어질지 모르는 첫 물수제비 정도는 될 것 같은
느낌. 뽀잉뽀잉- 어둠 속에서 이따금 들려오는 기니피그들의
울음소리가 작은 돌이 물 위로 튀기어 가는 장면과 뒤섞이며,
잠이 들었다.

한 번의 악수를
위하여

어젯밤 멜리사와 함께 탐페레로 가기로 결정하자마자 그녀는 내가 자신과 같은 버스를 예약할 수 있게 도와주었다. 가장 싸다는 온니버스Onnibus(행복버스) 9시 출발. 버스를 타고 다시 헬싱키 버스터미널까지 가야 했고, 함께 가야 하는 만큼 조금 일찍 일어났다. 아직 어둑하던 때에 누군가 나가는 인기척이 있던 걸 보면 일라나는 이미 떠난 듯했다. 어젯밤 동안만 가방 밖으로 잠시 나와 있던 짐들을 도로 집어넣고, 간단히 샤워를 하러 화장실에 들어갔다. 따뜻한 물을 맞으며 오늘은 어떤 일이 있을지를 잠시나마 상상해 보려 했다.

그런데 웬걸, 어제는 샤워기 헤드로 잘 나오던 물이 허리 높이의 수도꼭지로만 나왔다. 처음 보는 구조를 가진 북유럽 샤워기의 그 어떤 걸 돌려도 물은 수도꼭지로 나와 무심히 바닥으로 떨어질 뿐이었다. 이미 발가벗은 마당에 다시 밖으로 나

가 어제 만난 친구에게 샤워기 작동법을 물어보고 싶지는 않
았다. 결국 수도꼭지 아래 쪼그리고 앉았다. 그리고 문득 이
우스운 광경을 나만 보고 있음이 한 번 더 웃겨, 웃으며 목욕
⑦을 했다.

  낙수에 심취해 오래 앉아 있었던 탓일까. 샤워를 마치고 나
오자 멜리사는 나갈 준비가 끝나 있었고, 표정이 좋지 않았
다. "우리 좀 늦었어." 조금 일찍 일어나서 번 시간을 다스운
물에 다 씻어 버렸나 보다. 아마도 멜리사는 화장실 문 앞에서
갈팡질팡하고 있었던 것 같았다. 간밤의 대화로 친구의 연을
시작했을지라도 우린 아직 서로도, 서로의 문화도 잘 알지 못
했다. 그러니 그녀는 문을 두드려 이 동양인 남자의 샤워를 끊
어야 하나 아니면 알아서 나오길 기다려야 하나 고민했을 것
이다. 그러다 충분히 늦었을 때쯤 내가 포근포근 익은 감자처
럼 김을 뿜으며 나온 것이다.

  멜리사는 말없이 무거운 표정으로 나를 기다렸다. 머릿속에
서 시간과 공간과 이동이 이리저리 계산되고 있는 듯했다. 서
둘러 짐을 메고 집을 나섰다. 어젯밤에 걸어온 길을 따라 버
스정류장으로 향했다. 말수는 없는 중에 빠르게 늘어나는 발
걸음 수는 늦었음을 자각하는 데 도움이 되었다. 핸드폰으로
버스를 체크하던 멜리사는 마지막 직선 코스에서 뛰기 시작했
다. 저 앞에는 버스정류장이 보였고, 나도 따라 뛰었다.

  잘 짜인 계획은 마치 잘 세워진 도미노와 같다. 제때 일이

진행되면 순차적으로 모두 잘되지만, 하나가 늦어지면 계획을 따라 줄줄이 잘못된 것이 되어 버린다. 터미널로 가는 버스를 놓치면, 탐페레로 가는 버스도 놓친다. 도로에 다다라서 신호등만 건너면 될 때, 버스는 누런 흙먼지를 일으키며 지나가 버렸다. 사치스런 샤워의 대가는 땀과 그 위에 자욱이 내려앉는 흙먼지, 그리고 빨라진 심박에 맞춰 자라는 미안함이었다.

멜리사는 심신이 지쳐 보였지만, 아무 말 없이 마지막 대안을 찾아보는 듯했다. 최후의 보루가 흙먼지만 남기고 사라졌지만, 가능성조차 없는 것은 아니었다. 물론 그 가능성이란 탐페레로 가는 버스가 9시 출발이고, 여기서 터미널까지 가는 데 족히 30분이 걸리지만 터미널로 가는 다음 버스가 8시 30분에 올 때, '계산상으로는 불가능하지만 혹시 될지도 몰라' 하는 종류의 가능성이었다. 8시 32분에 버스가 왔다.

초조함이 자욱한 기류 속에는 말이 끼어들 틈이 없었다. 생각보다 빨리 달린 버스는 8시 57분쯤 터미널 지하에 도착했다. 인터넷으로 아무리 찾아봐도 우리가 탈 온니버스의 게이트번호는 알 수 없었다. 버스에서 내리자마자 일단 탑승장 쪽으로 뛰었다. 온니버스의 마스코트인 '행복하게 웃고 있는 사슴'이 달린 버스는 보이지 않았다. 멜리사가 게이트들을 보러간 사이에 나는 안내데스크에 온니버스의 탑승게이트를 물었다. 그리고 직원은 나에게 온니버스가 무슨 버스냐고 되물었다. 시간은 9시 3분이었고, 우리는 행복버스를 놓쳤다.

방금 전까지의 긴박함은 실패를 인정하는 순간 갑작스럽게 압도적 여유로 전환되었다. 그 시간의 속도 차에 적응하기 위해 잠시 터미널 중앙 의자에 앉았다. 조금의 가능성은 분명 잡힐 듯 말 듯했었다. 그 깜빡이는 3분의 가능성을 꺼 버린 것은 온니버스의 찾을 수 없는 탑승장 위치인 것 같았다. 나의 얄팍한 마음은 그 작은 이유를 파고들어가 기생(?)하고자 했다. 그러다 문득 줄곧 단단하던 멜리사의 표정에서 모든 생각이 풀어져 버렸음을 보자, 자라던 미안함이 쏟아져 나왔다. 그제야 양심은 3분을 불가능하게 만든 것 대신, 가능성을 3분으로 만들어 버린 것에 시선을 돌렸다. "정말 미안해."

◇ ◇ ◇

시간은 만회할 수가 없어, 놓쳐 버린 버스 값 대신 다음 버스표라도 그녀의 것까지 구매했다. 고작 어제 만난 우리의 관계가 견디기엔 미안함의 무게가 버거운 느낌이었다. 그 무게에 나는 말을 잃었고, 그녀는 말을 아낄 줄 아는 사람이었기에 우린 나란히 침묵했다. 그녀는 나를 탓하거나 화가 담긴 말을 한마디도 하지 않았다. 어쩌면 아침에 그녀의 손이 화장실 문을 두드리지 못했던 것처럼, 아직 우리 사이에 있는 어색한 거리 때문에 그녀의 진심이 나에게 닿지 못했는지도 모른다. 하지만 지금은 딱히 어찌할 바를 몰라, 그 거리에, 그 침묵에 잠시 기대었다. 문득 아침 수도꼭지를 탓하여 볼까 하다가, 관두었다.

　다음 온니버스는 태연하게 히죽거리며 승차장으로 들어왔다. 승차할 즈음이 되어서야 담당 직원이 나타났고, 사람들이 줄을 섰다. 어젯밤보다도 지쳐 보이는 멜리사의 모습에 나의 멋쩍음이 자꾸 간질거렸다. 말은 하고 싶은데 할 말이 없어, 입만 씰룩거리고 있던 그때 멜리사가 스페인어로 앞사람과 반갑게 대화를 시작했다. 누군지는 몰랐지만 대화가 불러들인 약간의 활기가 내심 고마웠다. 그래도 버스를 놓친 덕에 새로운 친구를 만났다고 말할까 하다가 때가 아닌 듯해서 그저 히죽거리며 버스에 올랐다.

　우연히 만난 이는 스페인 친구 마르따Marta였다. 둘은 탐페레의 외국인 학생 교류 모임에서 한 번 만난 적이 있다고 했다. 마르따 옆에 있는 동행은 지친 기색에 눌려 입꼬리도 잘 올리지 못하고 있었지만, 마르따의 목소리와 표정에는 흥이라 부를 법한 생기가 가득했다. 버스에 오르고부터는 영어로 대화를 하여 나도 참가했다. 마르따의 동행은 곧 합류하겠다는 말을 남기고 잠들었다. 아마 그의 생기를 마르따가 다 가져왔지 싶었다. 처음 들어 보는 스페인식 영어와 버스의 건조한 웅웅거림이 약간의 피로에 뒤섞였다. 조금은 알아듣기 어려웠다. 하지만 그녀의 목소리는 시원한 냉수 같았고, 나와 멜리사는 그 시원함에 웃었고, 우리는 탐페레에 도착할 때까지 피곤을 안은 채 잠들지 못했다.

두 시간 쯤을 달려 버스가 탐페레에 도착했다. 여전히 화창한 마르따 옆으로 우중충한 동행이 합류하며 머쓱하게 웃었다. 내가 이곳에 오게 될 줄도 몰랐기에 얼마나 머물게 될지는 더욱 모르겠지만, 혹 시간이 된다면 다시 만나자며 마르따와 헤어졌다. 그녀는 다시 만나고 싶은 사람이었다. 내가 발을 디뎠으나 내 안에 자국이 남게 되는 장소가 있다. 그 자국은 다른 시간 다른 어딘가에서 낯선 바람에 드러나며 불현듯 그곳을 다시 보고 싶게 만든다. 그리고 이처럼 사람도 하나의 장소가 되곤 한다. 우리는 우연히 서로의 삶에 발을 디뎠고, 마르따는 내 안에 자국을 남겼다.

◇ ◇ ◇

서둘러야 했다. 한 시간 늦은 버스를 타는 바람에 멜리사가 학교에서 해야 하는 일의 시간이 촉박했다. 부리나케 걸었다. 그러나 학교에 도착해 그녀가 처음으로 한 일은 나를 테이블에 앉히고 학생 식당에서 내가 먹을 걸 사 오는 일이었다. 그녀는 그런 사람이었다. 자신의 바쁨 아래 타인에 대한 배려가 가리어지지 않는 사람. 내게 밥맛이 괜찮은지를 묻고서야 그녀는 자신의 일을 해결하러 갔다.

늦으면서 점차 가속되었던 시간들이 멜리사가 갖다준 접시에 우수수 부딪히며 제 속도를 찾았다. 수많은 학생들이 오가는 속에서 나는 멜리사의 배낭과 마주 앉아 밥을 먹었다. 우리가 버스를 놓치지 않았다면 아마도 그녀의 배낭이 아니라 그녀와 마주 앉아 밥을 먹지 않았을까. 미안한 마음에 할 수 있는 거라곤 밥을 맛있게 먹는 것뿐이었다.

일을 마치고 돌아온 멜리사의 시간도 일상의 안정 궤도에 다시 안착한 듯했다. 우리는 잠시 마주 앉아 서로의 시간이 같은 속도가 되었는지를 확인하고, 출발했다. 다음 할 일은 내가 누울 수 있도록 바닥에 깔 매트를 빌리는 것이었다. 그녀는 플랫Flat(하나의 층에 여러 명이 주방과 욕실을 공유하고 각자의 방을 갖고 사는 거주 공간)의 방 하나에서 지내고 있었고, 침대는 하나뿐이었다. 그녀가 방을 나설 때는 나를 만날 가능성조차 생각해 본 적 없었을 테니, 방이 준비되어 있을 리도 없었다. 그녀의 지인 중 매트를 갖고 있을 법한 친구를 찾아 우리는 다른 캠퍼스로 향했다.

탐페레에는 학교와 학생이 많았다. 언젠가, 함께 살아간다는 것에 대해 친구와 얘기를 나누다가 "결국 우리는 각자만의 소우주가 전부인 삶을 살 수밖에 없는지도 몰라."라는 말로 대화를 끝낸 적이 있다. 멀리 듣고 멀리 보아도, 삶은 결국 '여기'에서 진행된다. 본인이 발을 딛고 있는 '여기'를 기준으로 각자의 소우주를 만들고, 우리는 세상을 사는 듯 각자만의 소우주 속에 산다.

나 또한 나의 소우주를 들고 예까지 왔을 터였다. 그리고 실상 나의 소우주에서는 관측조차 한 적 없는 별나라 탐페레에도 이렇듯 많은 삶들이 오가고 있음에 대한 지각은 낯선 자극이었다. 그들 하나하나가 내가 보고 듣고 사는 것이 전부가 아니라는 역동적인 증거들이 되어, 세상 좀 안다고 착각하던 내 소우주의 경계를 두드렸다. 결국 모르는 것보다 많이 알 수는 없다. 다만 모르던 것들을 알아 갈 뿐.

'매트를 갖고 있을지도 모르는 친구'가 있다는 탐페레 기술대학교에 도착했다. 오전에 뭉그적거리던 구름들은 어느 구석으론가 숨어 버리고, 캠퍼스는 햇발을 누리고 있었다. 농익은 일상의 공간을 순전히 관광지로서 관망하는 데는 묘한 쾌감이 있다. 일종의 상대적 해방감이랄까. '구경하기 좋은' 캠퍼스였다. 멜리사를 따라 한 건물 안으로 들어갔다. 그녀가 누군가와 통화를 했고, 얼마 되지 않아 수염이 덥수룩하고 건장한 인도계 남자가 나타났다. 둘은 가벼운 포옹을 했다. 아마도 이 친구가 잠재적 매트 보유자인 듯했다.

그는 대뜸 멜리사에게 무슨 일이 있었느냐고 물었다. 한껏 지쳐 보이는 그녀가 스키복 점퍼를 입고 여행 배낭을 메고 학교에 나타났으니 그럴 법도 했다. 멜리사는 친구와 오로라를 보러 북쪽으로 여행을 다녀왔다고 대답했다. 그리고 그 친구가 이 친구는 아니라며 나를 소개했다. 우리가 어떻게 만났는지를 설명하기는 제법 쉽지 않다 싶었다. 일단은 카우치서핑을 하러 온, 매트가 필요한 친구 정도로 소개되었다. 그의 이름은 카르틱Kartik. 그가 커다란 손을 내밀었고, 우리는 손을 마주 잡았다.

　보통의 악수였다. 다만 이 보통의 악수가 이토록 저릿할 수 있을 줄은 몰랐다. 마치 얼마 안 되는 지난 여행의 순간들이 이 한 번의 손잡음을 향해 나를 몰아온 것 같았다. 맥도날드에 앉아 마주한 수많은 이들의 거절, 3만 원짜리 방과 아직도 만난 적 없는 폰에게 쪽지를 쓰던 밤, 멜리사와 일라나를 만나 마시던 차 한 잔, 탐페레로의 갑작스런 초대와 놓쳐 버린 행복 버스 그리고 지금 이곳 이 사람 앞에 서기까지, 그 일련의 낯선 사건들이 이 악수로 수렴되는 느낌이었다. 그리고 한 번의 악수로써 그러한 나의 시간들이, 나와는 한 번도 공유된 적 없던 생의 시간들에 닿았을 때, 그 하나의 촉각은 여행의 목적이 되었다.

시작과
다시 시작

탐페레에서는 삼 일 밤을 머물렀다. 매트를 수소문한 끝에 찾은 것은 어느 동아리방 구석에 말려 있던 회색 스펀지였다. 밤마다 그 스펀지를 바닥에 깔고, 옷을 말아 베고, 멜리사의 여행용 침낭을 이불 삼아 덮었다. 제법 따듯한 잠자리였다.

탐페레에 온 이후로 멜리사는 밀려 있던 일상들에 바빴지만 우리는 가능한 많은 시간을 함께했다. 타코와 케사디야를 만들어 국제 학생 교류 모임에 참여하기도 하고 — 학생들은 타코를 나눠 주는 나를 보고는 멕시코 부스가 맞는지 국기를 확인했다 — 마르따를 저녁에 초대해 짜파게티를 끓여 먹기도 했다. 그렇게 하루가 지나고 밤이 오면 우리는 나란히 누워 빈 천장에 서로의 삶을 그려 보여 주었다. 차 한 잔으로는 다 나누지 못했던 얘기들. 우리는 그렇게 천천히 친구가 되었다.

그녀는 카우치서핑이 사람들 사이에 신뢰를 쌓고 세상을 좋게 바꾸는 방법 중 하나라고 믿는 사람이었다. 그녀가 나로 인해 그 믿음을 더 확신하게 되었다고 말해 줄 정도로 우리가 가까워졌을 즈음, 이 신뢰의 고리의 시발점인 폰에게서 연락이 왔다. 그리스 여행이 끝나고 돌아왔으니 언제든 '다시' 환영한다는 메시지였다. 멜리사는 내게 망설이지 말고 길을 나서라 말해 주었고, 나는 스펀지를 다시 말고 짐을 꾸렸다.

카우치서핑의 마지막 할 일은 서로에게 후기를 남기는 것이었다. 우리가 서로 믿을 만한 친구가 되었다는 말 등을 남김으로써 서로의 신원을 보증하는 일. 그녀는 기꺼이 내 여행의 든든한 보증인이 되어 주었다. 낯선 이들의 믿음을 얻어 가는 길에서 이제 나는 혼자가 아닐 것이다.

헬싱키로 돌아가는 길, 버스를 또 놓치는 바람에 조금 늦게 헬싱키 버스터미널에 도착했다. 그리고 그곳에서 나는 프로필 사진으로만 보았던 폰을 드디어 만났다. 왠지 마음으로는 그녀가 너무 반가웠고, 우리가 이미 서로를 잘 알아야 할 것 같은 느낌이었다. 하지만 우리는 어쨌든 서로 낯선 사람들이었고 이건 우리의 첫 만남이었다. 문득, 익숙해지자마자 떠나온 멜리사가 생각났다. 관계의 시작에서는 폰이 나와 멜리사의 접점이 되어 주었지만, 이제는 멜리사가 나와 폰의 접점 같았다. 조심스레 우리의 관계를 '다시' 시작한다.

"이제야 만나네요!"

가족의
일상

폰의 가족은 대가족이었다. 폰과 남편 미코Mikko, 아들 몬Mon 과 딸 마이Mai, 두 살 강아지 오쏘Otso와 한 살 고양이 캐슈 Cashew, 그리고 지난번 빈집을 지키고 있던 기니피그 두 마리. 중요한 무언가를 빠트리고 그린 그림 같았던 집은 여덟 가족 이 복작거리게 되어서야 제 모습을 찾았고, 나는 은근슬쩍 그 들의 일상에 편입되었다.

　하루는 새벽같이 출근해야 하는 폰이 아이들을 부탁했다. 몬은 7살, 마이는 5살이었으므로 아직 동네 어린이집에 다녔 다. 아침 미션은 오쏘를 산책시키며 아이들을 어린이집에 데 려다주는 것. 법적으로 오쏘를 하루 세 번 산책시켜야 하기도 했고, 이따금 집에서 제 꼬리를 잡겠다고 정신없이 빙글빙글 도는 오쏘를 보면 산책의 필요성은 쉽게 실감할 수 있었다. 강 아지를 키워 본 적 없는 내가 난해한 고속 회전쇼에 놀라고 있을 때면, 캐슈가 한심하다는 표정으로 지나가곤 했다.

그날 아침, 가슴줄을 보자마자 나갈 생각에 들떠 버린 오쏘에게 간신히 줄을 메고, 아이들이 바닥에 앉아 조막만 한 신발을 신길 기다렸다. 각자 알록달록한 비니까지 눌러쓴 아이들의 천진한 모습은 괜히 마음을 설레게 하는 구석이 있었다. 준비를 마치고 우리는 이른 아침 속으로 나섰다.

아침 안개가 자욱했다. 몬과 마이가 고사리손을 맞잡고 앞서 걸었고, 나는 오쏘와 뒤따라 걸었다. 아직 잠이 덜 깬 얼굴에 서늘한 안개가 닿았다. 희끗함 속 아이들의 뒷모습이 일렁였다. 몽롱한 아침의 산책. 손끝으로는 이리저리 분주히 뛰어다니는 또 다른 삶의 감각이 느껴졌다. 졸음을 혼자 몽환적인 분위기로 착각하고 있던 그때, 앞서가던 몬이 내가 잘 따라오고 있는지 돌아본다. 동생의 손을 꼭 잡고 초행인 나까지 챙기는 그 듬직함 뒤에서 지금 과연 누가 보호자인지를 생각해 본다.

그리고 얼마 가지 않아, 나는 오쏘를 잡고 있던 줄을 놓쳤다. 늘였다 줄였다를 조절하는 강아지 줄을 잡아 본 적이 없었다. 줄을 다루는 나의 손은 영 어색했고, 갑작스런 오쏘의 뜀박질에 손잡이는 나를 떠나 하릴없이 바닥을 향했다. 아차 하는 순간 몬이 달려가 놓친 줄을 잡았다. 그러고는 손잡이를 다시 내 손에 쥐여 주며, "꽉 잡아야 해."라고 말한다.

아무래도 나는 보호자가 아니었다. 손잡이를 꼭 잡고 나를 산책시켜 주는 아이들을 따라 어린이집에 졸래졸래 쫓아갔다가 돌아오던 그 평범한 아침. 문득, 폰은 아이들을 부탁하며, 그저 많은 경험을 해 보고 싶다는 나에게 작은 일상을 내어 준 것인지도 모르겠다고 생각했다.

또 하루는 폰의 부모님이 사는 숲속 집을 함께 찾아갔다. 사진을 보고 막연히 동양인 같다고 생각했던 폰은 아버지가 핀란드인이고 어머니가 태국인이었다. 그렇다 보니 그녀는 태국과 핀란드를 오가며 자랐다. 호주에서 대학을 마치고 핀란드에 머물던 그녀는 어느 음악바에서 노래를 부르다가 미코를 만난다. 둘은 서로 다른 일을 마치고 저녁만 되면 함께 음악을 했다. 그렇게 서로의 시간에 화음을 쌓아 가던 둘은 어느덧 자신들의 '리틀몽키'들 — 폰은 몬과 마이를 그렇게 불렀다 — 과 함께 우쿨렐레와 피아노를 치는 가족이 되었다. 이제는 핀란드에 보금자리를 틀고 살아가는 둘과 다르게 폰의 부모님은 여전히 서로의 고향을 오가고 있었다.

태국이 너무 더워지는 여름에는 핀란드 숲속의 집으로, 핀란드가 얼어붙는 겨울에는 태국으로, 그들은 철새가 되어 두 개의 고향을 오갔다. 올해는 날씨를 착각했는지, 아직 겨울이 채 물러가지 않은 3월 말에 그들이 핀란드에 왔다기에 인사를 가는 것이었다. 다섯 명이 한차에 올라타고 숲으로 향했다.

폰의 아버지는 아리랑TV를 틀어 놓고 우리를 기다리고 있었다. 분명 다 같이 집으로 들어왔는데, 왜인지 TV 앞 소파에는 나와 폰의 아버지만 어색하게 마주 앉아 있었다. 화면 위로 한국의 산천들이 지나갔다. 그가 TV를 가리키며 웃으면 나는 따라 웃으며 우리 사이의 어색한 틈을 메울 말들을 횡설수설했다. 대부분의 시간을 나 혼자 얘기하고서야, 그가 말수가 없다기보다 영어가 익숙하지 않다는 것을 알았다. 그는 아마 나의 이름 정도를, 나는 그가 종종 아리랑TV를 본다는 사실 정도를 알 수 있었다.

얼마 지나지 않아 우리는 점심을 먹기 위해 식탁에 둘러앉았다. 폰, 미코, 몬과 마이는 모두 비건vegan(유제품 및 달걀도 먹지 않는 채식주의자)이었다. 폰의 부모님은 비건이 아니었지만, 점심은 비건식으로 준비되었다. 폰의 어머니가 아이들을 생각하며 태국에서 새로 사 왔다는 콩으로 만든 소시지도 접시에 담겼다. 가치관들이 혼재하고 있었으나 존중이 빠져 있지는 않았다. 후식으로 망고까지 다 먹은 몬은 조심스레 엄마의 허락을 구하고, 마이와 함께 밖으로 놀러 나갔다. 아이들이 빠진 식탁 위엔 잔잔한 부모들의 대화만 남았다. 나는 잠깐 내가 어디에 속하는지를 생각하다 아이들을 따라가기로 했다.

숲은 여전히 새하얬다. 이런 숲속엔 하얀 눈을 질척거리는 검은 덩어리로 만들 매연과 바퀴들이 없었다. 눈은 치워져야 할 필요가 없기에, 겨울은 아직 이곳에 조금 더 머물고 있었다. 잘 보존된 겨울 위로 아이들의 발자국이 찍혔다. 만지지 말라는 박물관 유리에 손도장을 찍어 대는 아이들처럼 몬과 마이는 눈 위를 뒹굴었다. 아이들을 따라 뒹굴고 싶었다. 눈 위를 뒹굴며 언제 다시 만날지 모를 북유럽의 겨울에 몸을 부비고 싶었다. 하지만 이내, 옷이 젖으면 춥고 귀찮을 것을, 카메라와 핸드폰을 안에 놓고 나와야 한다는 것을, 곧 차에 다시 올라야 한다는 것을 생각하고 마음을 접었다. 어른이 '따지는 게 많아 슬픈 존재'라면 나는 이미 조금은 어른스럽다고 생각했다.

아이들 옆에는 우물같이 생긴 야외 온수 욕조가 있었다. 폰의 가족이 이따금 겨울밤에 뜨거운 물을 받아 놓고 들어가 별을 구경한다는 욕조였다. 곧 울음이 터질 듯 별들이 그렁그렁 맺힌 밤하늘과 모락모락 피어오르는 뜨끈한 김, 그 사이로 도란도란 오가는 가족의 말들을 상상한다. 그렇듯 몽환에 가까워 보이는 시간을 뒷마당에 두고 살아가는 것은 어떤 느낌일까. 오늘은 안타깝게도 온수가 작동하지 않아 그 몽환을 열어볼 수 없다고 했다. 비어 있는 욕조의 나무 뚜껑 위에는 하얀 눈만 소복했다.

숲을 따라 조금 내려갔다. 아이들이 조잘대는 소리가 멀어지고 내가 눈을 밟는 소리만이 사방의 이목을 집중시킬 즈음, 숲이 끝났다. 숲의 가장자리부터 넓고 새하얀 벌판이 시작되었다. 얼어붙은 호수였다. 무엇이든 품을 수 있을 것처럼 아득하게 넓은 호수를 나는 한동안 넋을 놓고 바라보았다. 폰의 부모님이 이곳에 살게 된 이유도 이 호수 때문이라고 했다. 너른 호수, 숲속의 욕조, 별이 보이는 하늘. 어딘가에 살고자 할 때 탐이 날 만한 이유들 같았다.

문득, 내가 살고 있는 장소에 '그곳에 살고 싶은 이유'들이 있다는 것은 행복한 일이라 생각했다. 내가 지금 사는 곳에 살고 싶은 이유가 있다면 무엇이 있을까. 교통이 편리하고, 이마트가 가깝고, 주변에 적당한 식당들이 있고…. 아직까지 나는 숲속에 살고 싶은 것은 아니다. 다만 왠지 머쓱한 마음이 들어, 집으로 돌아 걸었다.

　도시로 돌아오는 길, 아이들은 서로 몸을 포개고 금세 색색거리며 잠들었다. 숲을 떠나기 전, 옷과 머리가 온통 젖어 버린 아이들을 본 폰과 미코는 잔소리를 하며 수건으로 아이들을 말려 주었다. 나는 뒹굴지 않길 잘했다고 생각했다. 폰과 미코도 제법 나른해 보였다. 올 때는 각자 좋아하는 음악을 틀기도 했지만, 지금은 그저 아이들의 나긋나긋한 숨소리를 들으며 각자의 창을 바라보았다. 정신없이 오르내리던 가족의 리듬이 잠시 잔잔해지는 시간. 문득 고마운 마음이 일었다. 보통의 일상이 남긴 여운이 자못 짙다. 다만 나의 감상을 토해 내기엔 이 잠깐의 시공간이 너무 성스럽다고 생각했다. 마음만 기억한다면 말은 기다릴 수 있다. 나는 말을 아끼기로 하고 눈을 감았다. 저녁이 오고 있었다.

보지 못한
영화

요한나Johanna와 처음 만난 건 탐페레에서였다. 국제 학생 교류 모임에서 멕시코 부스에 서 있던 내게 요한나는 대뜸 한국말로 인사했다. 탐페레에서 공부하고 있는 핀란드 학생인 그녀는 뉴스로만 보던 '케이팝K-Pop을 좋아하는 유럽인'이었다. 으레 그러하듯, 우리에게도 관심이 관계의 첫 단추였다. 그리고 오늘, 내가 머물고 있는 헬싱키로 그녀가 찾아왔다. 헬싱키 투어를 시켜 주겠다며.

우리는 헬싱키 도심에서 만나기로 했다. 나는 폰의 오래된 자전거를 빌렸다. 폰의 집이 있는 에스푸와 헬싱키를 오가는 버스는 편도에 무려 5.5유로였다. 나는 버스를 탈 때마다, 한국이면 서울에서 원주도 갈 돈이라며 혀를 내둘렀다. 오늘은 기어이 내 두 다리로 왕복 11유로를 벌어 보기로 마음먹었다. 나의 야심찬 계획을 들은 폰은 그게 가능하냐는 듯 고개를 갸

웃거렸다. 다만 결의에 찬 나의 표정 앞에 그녀는 자전거 열쇠를 내어 주었다. 금방이라도 바퀴 두 개가 다른 방향으로 굴러가 버릴 것 같은 자전거였다. 오랜 세월 잠들어 있는 동안 나이가 제법 들어 버린 무언가를 깨운 느낌이었다. 그래도 내가 페달을 밟을 때마다 돈을 벌고 있다고 생각하니 삐걱거리는 소리마저 퍽 유쾌하게 들렸다.

요한나와 느긋하게 저녁까지 먹고 보니 시간이 제법 늦어 있었다. 그녀는 오늘 밤에 다시 버스를 타고 탐페레로 돌아간다고 했다. 헤어지기 전, 그녀는 어느 밤엔가 꾹꾹 눌러 적었을 작은 한국어 편지까지 내 손에 쥐어 주었다. 작은 인연을 위해 짧지 않은 거리를 내려와 그녀가 전하는 마음은 결코 작지가 않다. 그녀가 편지에 적어 둔 '한국에서 다시 만나요'라는 말을 나도 마음에 품었고, 우리는 작별의 포옹을 했다. 그리고 그녀와 멀어지면서 미뤄 두었던 걱정이 구물구물 올라왔다.

핸드폰 배터리가 없었다. 내가 시장을 구경하고 섬을 돌아다닐 동안 핸드폰 혼자 무얼 그리 한 건지 알 수 없었다. 챙겨온 보조배터리는 뜨거워지며 손난로가 될 뿐 제 본래 기능은 하지 못했다. 이 걱정은 단순히 현대인이 핸드폰과 맺고 있는 분리불안적 관계에서 기인한 '나의 핸드폰이 날 떠나 버리면 어쩌지!'와 같이 애틋한 마음은 아니었다. 굳이 자전거를 택한 나의 귀갓길에는 구글지도가 꼭 필요했다. 시간이 늦은 것도 마음에 걸렸다. 아무리 폰의 가족이 편해졌다지만, 열 시가 넘어 들어가는 것이 편함을 빙자한 무례함이 될까 걱정이었다.

5퍼센트 남은 배터리로 서둘러 폰에게 메시지를 남기고 출발했다. 황황히 페달을 밟았다. 지도가 사라지기 전에 한 골목이라도 더 돌아야 했다. 바다를 건너는 기다란 다리 두 개를 넘고 골목들을 몇 개 지났을 즈음, 핸드폰은 나를 두고 떠났다. 검은 화면을 마주하기 전에 나는 급히 멈추고 지도를 외워 보려 했다. 직진, 우회전, 두 골목을 지나 좌회전, 커브길을 돌다가…, 검은 화면이 떴고, 머릿속도 까매졌다.

왔던 길을 그대로 되돌아가면 될 테지만, 나의 기억 속 헨젤과 그레텔은 아무런 빵조각도 뿌려 놓지 않았다. 어렴풋하게만 남은 머릿속 지도를 더듬거리며 굽이진 언덕길을 오르내렸다. 아주 잠깐 다시 켜진 핸드폰은 "그래, 조심히 와."라는 폰의 메시지를 잠깐 보여 주고는 영영 돌아오지 않을 심연으로 들어갔다.

자전거에서 내려 걷기 시작했다. 조심스레 걷는 걸음엔 확신이 없었다. 한 번 동네를 지나치면 나 또한 심연으로 들어가는 것이다. 아주 멀진 않을 것 같다고 생각하며 하나같이 닮은 주변 건물들을 살펴보던 그때, 한쪽 골목으로 버스가 지나갔다. 탐페레로 향하던 아침, 우리가 버스를 놓칠 때와 같은 각도 같은 버스였다. 그날의 흙먼지처럼 기억이 다시 일었다. 나는 그날의 버스정류장으로 향했고, 폰의 동네를 찾았다. 이제 이 대단지에서 폰의 집을 찾는 일이 남았다.

멜리사, 일라나와 함께 커다란 배낭을 하나씩 메고 언덕을 오르던 첫날의 기억, 멜리사와 뛰던 아침의 기억을 더듬었다. 그리고 몇 번을 처음부터 다시 걷도록, 나와 함께 걷던 기억 속의 멜리사와 일라나는 어느 골목에선가 계속 사라졌다. 다시 걷는 건 이제 의미가 없었다. 정신만 똑바로 차리면 길이 있을 거라는 오래되고 막연한 말만 되뇔 뿐이었다.

어둠 속에 가만히 앉아 생각을 시작했다. 집을 찾을 수 있는 방법. 집은 어떻게 생겼었는가. 4층이었고, 거실 창에는 '캐슈가 아무리 뜯어 먹어도 다 해칠 수 없는 정글'을 이루는 식물들이 가득했다. 몇몇 건물의 4층 창을 살펴보지만 이는 부족한 단서였다. 그러다 문득, 내가 자는 방 유리창으로 보이던 주차장이 떠올랐다. 대단지여도 주차장이 여럿은 아니었다. 부리나케 주차장을 찾았다. 그리고 주차장을 등지고 있는 건물들의 4층 유리창들을 눈으로 훑었다. 그제야 노란 불빛 아래 창을 그득 채운 식물들의 검은 실루엣이 보였다. 아아! 서늘한 밤, 나는 땀을 흘리고 있었다.

잃어버렸던 엄마를 다시 찾은 아이가 되어 집에 들어갔다. 마음은 쉬이 진정되지 않았다. 얼른 이 간담이 서늘하고 극적인 이야기를 나누며 "굉장했다"고 말하고 싶었다. 이는 내가 늦게 온 것에 대한 타당한 변명도 될 터였다. 폰과 미코는 그들의 친구 한 명과 와인을 마시고 있었다. 간단히 인사를 나누자마자 나는 가슴 떨리던 귀갓길 이야기를 토해 냈다. 그런데, 돌아오지 못할 뻔했다는 내 이야기 끝에 폰이 한 말은 "그래, 이제 샤워를 하렴."이었다.

아, 그제야 느꼈다. 그들은 보지 못한 영화였다. 긴박감 넘치는 추리 영화였지만, 그들은 본 적이 없었다. 누군가에게 그들이 보지 않은 영화의 긴박감을 설명한다는 것은 추리 소설의 절정 부분을 찢어다가 바다에 던지는 꼴이었다. 하물며 포근함을 자아내는 와인과 노란 빛 아래서라면.

나는 샤워를 했다. 생각해 보면, 사실 아무 일도 일어나지 않았다.

조금 더 많은 것을
사랑하는 일

내가 언제 떠날지는 나도 폰의 가족도 몰랐다. 나는 이미 우리의 처음 약속보다 더 머물고 있었다. 그러다 갑작스레 떠나는 표를 예매한 밤이 되어서야 나는 내일 떠나겠다고 말할 수 있었다. 쉬이 그들을 떠나지 못한 이유는 무얼까. 내가 처음 폰에게 긴 메시지를 보냈던 밤, 나는 내가 모르는 새로운 가치관들과 나에겐 없는 적극적이고 투쟁적인 면을 만나 보고 싶었다. 아이들이 잠든 밤이면 우리는 와인 한 잔을 함께하며 대화를 나눴다. 그리고 그렇게 알아 가는 폰은 분명 나와 다른 사람이었다.

그녀는 비건이었고, 사회활동가이자 — 그녀가 주로 하고 있던 일은 핀란드의 사회문제인, 실업급여를 받으며 구직 의사를 상실한 청년들을 위한 교육이었다 — 인도주의자였으며, 다문화가정의 딸이자 엄마였다. 내겐 하나같이 낯선 삶의 이름

들. 나는 막연히 그녀가 강인하고 투쟁적인 사람일 거라 짐작
했다. 하지만 와인이 다시 채워질수록 나는 그녀가 투쟁적인
사람이라기보다, 그저 조금 더 많은 것들을 사랑하는 사람이
라고 생각했다. 사람을, 동물을, 사회를, 순간을. 알코올에 시
나브로 몸이 붉게 물들 듯, 이 사람, 이 가족, 이 집의 잘 모르
는 어떤 화학 성분엔가 물들고 싶었다. 그렇게 나 또한 보통의
삶 속에서 조금 더 많은 것을 사랑하는 사람이 되기를 바랐다.

속에서 그 바람을 이리저리 굴려 보느라 내가 가족의 일상
에 너무 오래 끼어 있었음을 보지 못했다. 나는 그들이 내가
떠나기를 바랄 때까지 머물고 싶지 않았다. 여행을 함에 있어
서는 나를 만난 이가 아직 내가 떠나지 않기를 바랄 때 떠나는
것이 중요하다 싶었다. 오는 것만큼이나 가는 것이 중요한 게
손님이니. 떠날 때가 되어 떠난 이가 아니라, 떠나는 것이 아
쉬웠던 손님으로 기억되길 바랐다. "더 있어도 돼."라는 말을
오해하는 데서 불화가 쉽게 싹트지 않던가. 나는 서둘러 뮌헨
으로 떠나는 표를 예매했다.

마지막 밤의 인사에 아직 아쉬움이 서려 있다는 것은 행복
한 일이었다. 나는 도저히 다 표현하지 못할 것 같은 감사의
마음을 들고 쭈물거리다가, 마지막 포옹을 나누면서야 한 명
한 명에게 말을 전했다. 만나지 않은 당신의 집에 머물렀던 내
가 당신의 친구가 되기까지가 나의 헬싱키였다고. 새로운 바
람은 아직 내겐 어려웠지만, 사랑하는 이들이 조금은 늘었다.

프라하성이 올려다보이는 작은 광장에는 이미 사람들이 제법 나와 있었다. 해 질 녘에는 노을이 그린 성의 실루엣을 바라보던 곳이었다. 사람들은 오늘을 살고 있지만 나는 아직 어제를 살고 있다는 걸 나만 알고 있었다. 나는 아무래도 프라하를 떠나야겠다고 생각했다. 돈을 아끼고 너무 많은 것을 잃었다.

chapter 3

노을의 주황을 보는 일

뮌헨, 레겐스부르크, 프라하, 드레스덴

무지개

참치

뮌헨Munich에서 나를 재워 준 장발의 아드리안Adrian은 뮌헨 북쪽에 살았다. 그의 집에서 묵던 둘째 날, 그는 집에서 친구와 중요한 일을 해야 한다고 말했다. 나는 뒤에서 구경을 하기로 했다. 그날 저녁, 거구의 필립Philip이 도착했다. 문을 열자 문의 빈자리에는 필립이 가득 차 있었다. 성큼 들어와 작고 마른 나와 인사를 마친 필립은 아드리안과 책상에 앉아 자신들만의 온전한 시간을 시작했다.

그들은 작은 판 하나를 두고 사뭇 진지하게 의논했고, 이런 저런 도구들과 컴퓨터를 가지고 판 위에 무언가를 만들어 갔다. 무언가 녹고 무언가 붙었다. 나는 그들 뒤 소파에 앉아 잔뜩 웅크린 두 등짝을 바라보았다. 그들은 이곳에 있지만, 다른 어딘가로 빨려 들어간 듯했다. 무엇이 저리도 재미있을까. 저렇듯 마음을 다해 열중할 일이 나에겐 있었던가. 평일 저녁을 집에서 오롯이 즐길 수 있는 그들의 몰입이 조금은 부럽기도 했다. 그렇게 내가 형체 없는 나의 생각들을 녹였다 붙이고 있을 때, 필립이 나를 불렀다.

그는 여전히 웅크린 채, 널찍한 등 너머로 나에 대해 물었다. 내가 철학과인 걸 알아보기라도 한 건지, 그는 추상적이고 큰 질문을 쉽게도 던졌다. 왜 떠나왔는지, 나는 어떤 사람인지, 어떻게 살아가고 싶은지. 취미와 특기처럼, 나에게 '나'는 어려운 문제였다. 그래도 나는 심심함을 달래 줄 장난감을 받은 아이처럼 질문을 머릿속에서 이리저리 굴려 보았다. 하지만 떠나올 때 그랬던 것처럼 결론은 허무했다.

"아직 어떤 삶을 살지 잘 모르겠어."

나의 말에 필립은 잠시 침묵했다. 널찍한 등짝이 움찔거리며 또 무언가를 녹여 붙였다. "좋아하는 걸 해 봐." 그가 말했다. "재미있잖아." 나는 어느 날부턴가 좋아하는 일로 성공했다는 이들이 연단에 서서 좋아하는 일을 하라고 말하는 게 싫었다. 그 말들은 좋아하는 게 뭔지 모르는 나의 불안을 자극했고, 그들이 그런다고 내게 좋아하는 일이 갑자기 생길 것도 아니었기에. 그런데 지금 자신이 좋아하는 일에 몰입한 필립이 등 뒤로 툭하고 한마디를 던졌을 때, 나는 그 널찍한 등짝에는 조막만 한 꽃 한 송이가 피어 있는 것 같다고 생각했다. 커다란 그가 아끼며 기르는 작은 마음. 그 꽃은 제법 매력적이었다. 다만 아직 내 안에는 그 싹이 보이지 않을 뿐. 그즈음 두 발명가의 작품이 모습을 갖추었다.

"이 여행이 끝날 즈음에는 나도 무언가를 좋아하지 않을까?"라는 나의 말이 갖가지 색이 되어 빛을 냈다. 그들이 만든 건 작은 전구들이 한 줄로 기다랗게 이어진 띠였다. 그 전구들은 소리의 음정에 따라 형형색색 빛을 냈다. 공간의 모든 말들이 빛을 내기 시작했다. 머쓱해하며 실은 노래방 라이트 같은 걸 애써 만든 거라는 아드리안의 말에 나는 웃음이 터졌다. 그리고 여느 때에는 그저 같은 웃음이었을 웃음들은 노랑이 되었다가 주황이 되었다가 초록이 되었다. 다시, 짐짓 진지하게 만든 '노래방 라이트' 앞에서 음정을 테스트해 보자며 노래를 부르다가 결국 모두 너털웃음을 터뜨렸고, 우리는 그렇게 한참, 웃음의 색을 보았다.

문득, 그 별것의 탄생을 기리고 싶었다. 조막만 한 꽃을 품고 사는 이들과의 시간 또한 그랬다. 이 시간은 언젠가 탐이 날 수 있을 것 같았다. 그리하여 바다의 어부들이 커다란 참치를 잡고 그러듯이, 우리는 나란히 서서 1.5m 정도 되는 그 발랄한 발명품을 손에 들고 그 순간을 남겼다. 찰칵 소리의 색깔과 함께.

어느
호사스러운 점심

비가 세차게 내리다 그쳤다. 벌써 물이 다 떨어질 줄 몰랐다는 듯, 머쓱해하며 물러나는 구름들 사이로 파란 하늘이 빼꼼 나왔다. 아드리안은 독일의 동요에도 사월의 날씨는 변덕스럽다고 나와 있다 말했고, 오늘 날씨는 그 동요를 부르고 있었다.

아침부터 홀로 빵집 창가에 앉아 브레첼Bretzel(독일 빵의 일종)을 먹으며, 비가 내리는 거리를 바라보고 있었다. 구름과 사람들이 빠르게 오갔다. 생각보다 우산을 쓰지 않은 이들이 많았다. 변덕스런 날씨에 굴하지 않겠다는 의지 같기도 했다. 하지만 어쩐지 의기양양해 보이는 건 머리부터 발끝까지 축 늘어져 버린 그들이 아니라 그들 위에 뜬 구름들이었다. 그날의 빵과 우유를 가지고 가게에 들어온 배달부도 마치 탈수를 깜빡하고 세탁기에서 갓 꺼낸 빨래 같았다. 작은 비구름을 달고 온 그의 발밑엔 금세 작은 웅덩이가 생겼다.

새파래진 하늘과 쨍한 햇발이 거리의 분위기를 급작스럽게 바꾼 탓에, 흠씬 젖어 있는 이들은 머쓱할 지경이었다. 이제 막 집을 나선 이들의 눈에 그들은 '이상한 사람들'일 테니. 나는 여러 개를 사면 할인해 준다는 브레첼을 세 개 집어 들고 거리로 나섰다. 해는 이미 땅을 데우고, 내렸던 비는 어느새 증발하여 다시금 하늘로 오르고 있었다. 그 거꾸로 내리는 빗속을 걸어 공원으로 향했다. 공원엔 벌써 산책이나 조깅을 하러 나온 이들이 제법 있었다. 나는 공원 한편의 돌로 된 걸상에 자리를 잡았다. 갓 사 온 우유와 브레첼, 치즈와 바나나로 이 공원은 이제 막 괜찮은 식당이 될 참이었다.

　어느새 나는 식당에 가는 것보다 마트에 가는 것에 익숙해져 있었다. 핀란드도 독일도 식당은 괜히 비싼 데 반해 마트는 외려 한국보다도 싼 경우가 많았다. 물론 마트를 택하기 시작한 것은 비단 배낭여행과 선택적 빈곤이 진부하리만큼 얽혀 있기 때문만은 아니었다. 핀란드도 독일도 식당이 맛이 없었다. 더 정확히는 이렇다 할 요리가 없었다. 해 봐야 잘 튀긴 돈가스, 커다란 뼈다귀 족발이었다. 그렇다 보니 이번 여행에서 자연스레 식도락은 뒷전이었다. 그런데 갓 사 온 브레첼에 신선한 치즈를 바르고 있자니 또 뭐가 뒷전인가 싶다.

　공원을 조깅하며 지나는 사람이 날 보며 웃는다. 꼭 서로 아는 사이여야만 인사를 나누는 게 아니라는 것이 '유럽스러운' 매력 중 하나였다. 별 이유 없이 나도 따라 웃는다. 이 공원의 웨이터라도 되는 양 벌들도 대뜸 붕붕거리며 다가오고, 나는 잠시 바나나를 내어 준다. 변덕스런 사월의 날씨가 허락한 어느 호사스러운 점심, 싱그러움이 가득하다.

당근의
주황

뮌헨을 나서서는 레겐스부르크Regensburg로 향했다. 그곳은 아
드리안이 지나가는 말로 추천해 준 작은 도시였다. '우연히 들
렀던 작은 도시'라는 그의 간략한 설명은 충분히 매력적이었
고, 나는 그 지나가던 말을 잡기로 했다. 버스는 어둠이 그득
해지고서야 레겐스부르크 중앙역에 도착했다. 오후 내 내리던
비는 잦아들고, 어두운 거리엔 습기만 떠다니고 있었다. 다행
히 날이 춥진 않았다. 중앙역의 바깥벽 구석구석에 환하게 밝
혀져 있으면서도 비에 젖지 않은 자리들을 보며, 문득 저런 자
리들에서는 밤을 날 수 있지 않을까 생각했다.

  뮌헨을 떠나기 전 레겐스부르크에 있는 카우치서퍼들에게
두어 개의 메시지를 보냈었다. 하지만 이미 올라 버린 버스에
서 받은 그들의 답은 모두, 지금 도시에 없거나, 오늘은 힘들다
는 내용이었다. 나는 교통수단에만 오르면 멀미처럼 찾아드는

잠을 애써 견디며 몇 개의 새로운 메시지를 보냈다. 버스 옆으로는 넓고 굴곡진 평야가 구름 사이로 지는 노을을 쫓아가고 있었다. 오늘은 저 지는 해가 아쉬울지도 모르겠다고 생각했다.

나는 이미 레겐스부르크의 저녁을 걷고 있었지만, 아직 메시지에는 아무런 답이 없었다. 지금껏 나는 한 명에게 메시지를 보내면, 되도록 그 한 사람의 답을 기다리곤 했다. 혹여나 난처한 상황이 벌어질까 하여, 또 비록 짧은 글일지라도 나의 첫인상이기도 하여. 그런데, 그러다 보니 요청 보내는 일을 미리 시작해도 결국엔 항상 급박하게 요청을 보내게 되었다. 진정성을 지키려다 답답함만 쌓는 꼴이었다.

그래도 오늘처럼 늦은 적은 없었다. 해가 진 낯선 도시에서 과연 어떤 새로운 만남이 가능할까. 빛이 있고 없고는 그저 오후 다섯 시와 일곱 시 정도의 차이가 아니다. 어둠은 그 자체로 막연한 불안의 근거가 되어 주곤 하니까. 일단, 거리로 밝은 빛을 뿜어내고 있는 식당에 들어가 앉았다.

아홉 시가 넘어가면서부터는 시계 속 숫자의 무게가 느껴졌다. 정말 중앙역 바깥벽에서 잠들 것인가. 어둠이 내리고서야 첫발을 디딘 낯선 도시에서 내가 그럴 수 있는 사람이었던가. 그럴 수 있는 사람일지라도 그래도 괜찮을 것인가. 아니, 정말 그렇게까지 해야 하나? 뒤늦게 다른 숙박을 알아보지만, 이 작은 도시는 이 시간에 손님을 기대하는 곳이 아니었다. 그렇게 중앙역의 누런 외등만이 내게 음산하게 손짓하던 즈음,

레나^{Lena}에게서 메시지가 왔다. 긴 답장의 끝에는 이렇게 적혀 있었다. "나는 네가 빗속에서 잠드는 걸 원치 않아."

밤 열 시가 되어 가던 중이었다.

◇ ◇ ◇

행운이라 부르기엔, 이는 하늘이 아니라 사람에게서 온 것 이었다. 그녀의 집은 시내 중심을 조금 벗어난 곳의 작은 아파 트였다. 우리는 어스름한 아파트 빛 아래서 처음 만났고, 웃 으며 서로를 잠깐 안았다. 우리 사이의 어둠이라도 치워 보려 는 듯이. 문을 열고 집에 들어가니 바로 오른편에 두 평 남짓 의 부엌이 있었는데, 그곳엔 사람들이 가득했다. 가스레인지 옆에 노트북을 놓고 허리를 숙여 화면을 보고 있는 이, 의자에 앉아 무언가를 오물거리는 이, 싱크대에 걸터앉아 이따금 기 우뚱거리는 이, 오븐에 무언가를 굽고 있는 이…. 그 작은 공 간의 북적거림이 나를 반겼다.

레나의 집에는 이미 다른 한 명의 카우치서퍼가 머물고 있 었고, 레나의 친한 친구가 그녀를 보러 왔으며, 또 다른 여러 친구들이 거리공연을 기획 중이었다. 그 모든 만남들이 조그 마한 부엌에 다 함께 모여 있었다. 나는 가방을 놓고 부엌의 주황빛 아래로 들어섰다. 중앙역의 빛과 그 색이 닮았지만 온

도는 달랐다. 한 명 한 명과 가벼이 인사를 하며 비집고 들어가 안쪽 의자에 앉았다. 그 공간에는 일고여덟 명의 소리와 숨이 응축되어 있었다. 마치 물속에 빠진 듯 말소리들이 웅웅 들렸다. 모두 각자 하던 일을 계속하고 있었고, 이따금 누군가 내게 영어로 말을 걸면 나는 그이와 잠시 대화했다. 나는 불청객도 주인공도 아니었다. 그 누구도 특별할 것 없이 그저 함께 또 각자 있는 공간. 긴장이 천천히 녹고 있었다.

낯섦이 나른함이 될 즈음에야 나는 이 공간의 주황이 비단, 빛 때문만이 아니었음을 느꼈다. 레나의 친구가 내게 권하던 당근 케이크부터, 실험 단계에 있다는 당근 빵, 자전거로 유럽을 여행 중인 카우치서퍼 랄프Ralf가 계속해서 오독오독 씹어 먹고 있는 날당근까지. 그곳엔 당근이 가득했다. 내가 이렇게 다양한 당근과 함께 있었던 적이 있던가. 케이크를 오물거리며 내가 "당근이 많네…?"라고 말하자 모두가 웃었다.

레나는 내게 냉장고를 열어 보여 주었다. 나와 비슷한 키의 냉장고 안에는 맨 아래 칸부터 맨 위 칸까지 길고 짧은 당근들이 빽빽이 꽂혀 있었다. 그리고 그녀는, 다른 건 몰라도 머무는 동안 당근만큼은 내가 원하는 만큼 먹을 수 있다며 짐짓 으스댔다. 나는 세 번째 칸의 당근을 하나 꺼내어 씻었다. '오도독.' 주황이 내는 유쾌한 소리. 괜스레 기분이 좋았다. 그리고 당근을 오물거리며, 어쩌면 무언가를 좋아하는 마음은 이렇듯 가벼운 소리에서부터 시작되는 건가 보다고 생각했다.

◇ ◇ ◇

하나둘 친구들이 집으로 돌아가고, 부엌은 서서히 제 본모습을 드러냈다. 조그마한 공간을 랄프와 내가 정리했다. 그릇을 닦고, 식탁을 치우고. 지붕을 내어 준 이에게, 여행자는 이러한 도움들로라도 감사의 마음을 전하는 것이 카우치서핑이 말하는 공유가 아닐까 생각했다. 돈이 아닌 마음과 마음을 주고받는 것. 이 여행은 이렇게 조금씩 무가無價의 가치를 배워 가는 과정이 되어 가고 있다. 정리가 끝나고 나는 문득 랄프에게 당근의 비밀을 물었다. 당근이 냉장고를 점령하게 된 사연을.

당근이 집에 온 것은 어제 저녁이었다고 한다. 자전거를 타고 동유럽으로 여행하고 있는 랄프도 어제 레겐스부르크에 도착해, 이 집에 사는 레나와 세 명의 친구들을 만났다. 저녁이 되었을 때, 집 냉장고에는 딱히 먹을 것이 없어 랄프와 친구들은 대형마트로 향했다. 다만, 그들이 마트 안보다 먼저 들어간 곳이 있었으니, 그곳은 마트의 쓰레기장이었다. 이유인즉, 이런 마트의 대형 쓰레기통에는 그저 새로운 것들이 들어왔다는 이유로 버려진 싱싱한 것들이 가득하기 때문이었다. 그들은 그 통 안에 들어가 버려질 이유가 없었던 수많은 당근들을 데려왔고, 그렇게 냉장고는 온통 주황이 된 것이다.

당근들은 지극히 멀쩡했다. 차이라면 그저 그것들이 쓰레기통에 있는지 냉장고에 꽂혀 있는지 뿐이었다. 하지만 마트는 거의 매일같이 '앞서 온 것'들을 버린다. 이는 비단 당근만의 이야기가 아닐 터였다. 그저 어제는 당근의 차례였을 뿐. 이렇듯 허무한 '버림'을 '쓰임'으로 바꾸고자 뛰어드는 일이 '덤프스터 다이빙Dumpster diving'이었다. 사실 이는 어디에나 만연할 문제 같았다. 그저 나는 관심을 갖지 않았기에 이제야, 이곳에서야 안 것이다.

　잠자리에 누워, 눈을 감고 냉장고에 가득 꽂혀 있던 무수한 당근의 주황을 다시 떠올렸다. 주황의 소리 없는 아우성. 오도독 소리는 버려졌던 그들의 존재 가치가 터져 나오는 소리였다. 알지 못했던 따뜻함이 이곳을 가득 채우고 있음을 느꼈다. 주홍빛 밤, 나는 랄프와 나란히 꽂힌 오늘의 당근이었다.

광장에
가면

유럽에 온 적이 있었다. 열흘은 짧지 않은 시간이지만, 여행은 아주 짧았다. 나는 여러 사람들과 함께 이곳에서 저곳으로 부리나케 발걸음을 옮겨야만 했다. 마치 달리는 트럭 뒤에 앉아, 뒤만 바라보고 있는 느낌이었다. 그저 멀어지기만 하는 여행. 이제 막 본 것도, 이제 곧 볼 것도 멀리로만 갈 뿐이었다. 그 아득한 여행이 끝나고, 막연하게 유럽을 떠올리니 프라하Praha의 구시가지 광장만 덜렁 기억에 맺혔다. 안개처럼 자욱한 주홍빛과 그 주홍에 취해 상기된 사람들. 마냥 멀어지기엔 아쉬운 그 단면을 고이접어 품으며 나는 생각했다. 언젠가 저 광장에 꼭 머물겠다고.

그러므로 레겐스부르크에서 프라하로 향한 건 '끌림' 때문이었다. 광장에 가고 싶었다. 이제 그곳의 기억은 사진 몇 장보다 적게 남아 있지만 그곳에 가고 싶어 하던 나의 바람만은 아직 희미하게 살랑였다. 기억을 더듬어 오래된 끌림을 옮긴다. 이제는 멀지 않은, 광장으로 간다.

옛 골목들을 지나 프라하의 구시가지 광장에 들어섰다. 구름이 천천히 흐르는 오후였다. 어렴풋한 기억의 조각은 무리 없이 광장과 맞아떨어졌다. 광장에 가득한 설렘을 들이마시고 들뜨려 하는 마음을, 무거운 배낭이 지그시 눌렀다. 광장 중앙에 둥그렇게 놓인 벤치에 배낭을 내리고 앉았다. 왜 그렇게 이곳이 마음에 남았을까. 구름처럼 오가는 사람들의 낯, 돌로 된 길, 건물에 밴 세월. 오랫동안 그대로 있어 왔을 광장을 찬찬히 바라보았다. 오래전 고작 두어 시간을 보낸 곳 어디에도 익숙함은 딱히 묻어 있지 않았다. 물론 나는 익숙한 무언가를 찾아온 것은 아니다. 그저 아무것도 익숙하지 않은 곳을 그리워한 것이다. 그 그리움의 이유를 묻기 위해 나는, 한참을 광장에 머물렀다.

마법의 약과
두 번의 낮잠

잠을 안 자도 거뜬한 몸, 아니면 자고 싶은 만큼 자도 되는 삶. 둘 중 하나는 필요하다!

　나름의 패기로 시작된 일이었다. 패기가 오기로 판명나기까지는 하룻밤밖에 걸리지 않았다. 프라하 같은 관광 도시에서는 카우치서핑이 어려웠다. 여행자가 너무 많았다. 수많은 요청과 응답이 오가고, 호스트는 이미 다른 여행자를 받기로 약속한 상태인 경우가 많았다. 그러니 그곳으로 향하며 급박하게 메시지를 보내 대는 나 같은 것이 호스트를 구하기란 먹구름 가득한 하늘에서 별 따기였다.
　또한 양이 많으면 질이 떨어지듯, 유입되는 여행자가 많은 만큼, 무례한 여행자도 많을 것이었다. 자연히 호스트들이 조금 더 예민한 경우가 많았다. 몇몇 호스트들에겐 나처럼 늦게 보내는 것 또한 무례함에 속하는 일이었다. 그러다 보니 "너무 늦었어. Too late man."와 같은 거절들만 마주한 끝에 나는 이틀간 호스텔에 머물렀다. 문제는 그 이틀이 지나고 호스텔 값이 비싸져 버린 것이었다.

매일같이 카우치서핑 메시지를 보냈지만 호스텔 가격이 치솟도록 날 거둬 준 이는 없었다. 그나마 연락이 닿았던 호스트인 치프리Ciprian는 다른 게스트가 있으니 야경이라도 같이 보자고 했다. 그와 그의 게스트인 프랑스 커플과 밤 산책을 마치고 혼자 호스텔로 돌아오는 길은 제법 뒤숭숭했다. 그렇게 결국 비싼 밤을 홀로 마주했을 때, 나는 그 밤을 지새우기로 했다. 그래도 이틀을 머물렀던 호스텔이기에, 내가 1층 바에 밤새 앉아 있어도 그리 수상할 것은 없을 터였다. 짐도 호스텔 창고에 안전하게 맡겨져 있었다. 가만히 바에서 아침을 기다리면 될 일이었다. 해가 뜨거든, 공원으로 나가 햇살을 덮고 못 잔 잠을 잘 것이다.

빈 바의 한구석에 앉아 한동안 글을 끄적였다. 어쩔 수 없이 맞은 새벽이 짜내는 감성으로 뭐라도 적어 낸다면 이 밤도 제법 그럴싸해질 것이라 생각했다. 물론 그런 일은 일어나지 않았다. 새벽 네 시쯤 적막한 바에 새로운 등장인물이 들어왔다. 바는 이 호스텔의 체크인과 아웃이 이루어지는 리셉션이기도 했다. 등장인물은 커다란 회색 캐리어를 끄는 중국인 남자였다. 좀 일찍 도착한 탓인지, 체크인에 실패한 그는 두 테이블쯤 옆에 앉았다.

나는 이제 와서 새벽을 넘는 길에 동행이 필요할지를 고민하며 그를 힐끔 쳐다보았다. 그와 눈이 마주쳤고, 그는 대뜸 인사하며 내 옆으로 왔다. 동행은 선택 사항이 아니었다. 그는 과히 템포가 빠른 사람이었다. 불꽃이 꺼지기 직전에 반짝 타오르듯, 그가 수면이 박탈된 새벽의 끝자락에서 쓰러지기 직전에 타오르는 것인지, 원래 그런 사람인 건지는 모를 일이었다. 다만 그의 질문들이 거듭될수록 내가 지쳐 있다는 사실은 분명히 알 수 있었다.

새벽 다섯 시가 넘어갈 즈음, 나는 그가 정말 잠을 못 잤는지를 의심하기 시작했다. 왜 내 옆으로 왔을까. 피로의 냄새를 맡고 나의 남은 에너지를 빨아먹으려 한 건 아닐까. 나의 수면 박탈로부터 쾌감을 얻고 있는 건 아닐까. 이런 쓸데없는 생각들이 내 의식의 마지막 불꽃이었다. 모든 의식이 나를 두고 강을 건넜다. 나는 눈을 뜨고 있지만 더 이상 아무런 생각도 하지 않는 빈 마네킹에 가까웠다.

그때 스위스에서 왔다는 밴드가 왁자하게 나타났다. 그들도 체크인에 실패했고, 내 옆자리에 앉아 '우노(유럽 카드게임의 일종. '원카드'와 유사하다)'를 시작했다. 내가 빈껍데기만 남았다는 것을 눈치챘는지, 중국인 친구는 어느새 밴드와 함께 게임을 하고 있었다. 그즈음 나는 죽은 척을 하는 콩벌레처럼 머리를 테이블에 박았다. 밴드는 분명 유쾌한 사람들이었다. 그들과 어울리며 새벽의 끝자락을 즐길 수도 있었을 것이다. 다만 박고 있는 내 머리가 너무 무거웠다. 자칫 들려고 하다가는 목이 부러져 영영 이곳에 잠들지도 모른다고 생각했다.

이런 나를 두고 밴드 멤버들은 중국인 친구에게 "저 친구는 왜 저래?"라고 물었으나, 중국인 친구도 알 턱이 없었다. 나는 내가 조금씩 이상한 사람이 되어 가는 것을 듣고만 있었다. 영어도 할 줄 알고, 조금 전까지는 깨어 있었고, 뭔가를 하고 있더니, 너희가 들어와서 놀기 시작하니 돌연 고개를 처박은 한국인. 한 마디씩 늘어날 때마다 지금이라도 일어나서 "짜잔!" 하며 함께 놀면 어떨까 망설였다. 하지만 나는 그들이 모두 흩어지도록 끝내 머리를 들지도 잠들지도 못했다. 정말이지 어쩔 수 없는 부끄러움이었다.

해가 떴다. 나는 허둥지둥 짐을 챙겨 나왔다. 강가의 공원으로 향하는 발걸음은 다급했다. 나는 예전부터 밤을 새는 것에 능하지 못했다. 하룻밤을 새고 나면, 깨지 않는 잠의 숙취에 일주일을 비틀거렸다. 몽롱한 몸을 이제는 어디에라도 눕혀야 한다. 밤을 새며 체온이 떨어져, 새벽 냉기에 몸이 부르르 떨렸다. 태양도 세상을 데우는 데 시간이 필요하다는 당연한 사실이 새삼 원망스러웠다. 프라하성이 올려다보이는 작은 광장에는 이미 사람들이 제법 나와 있었다. 해 질 녘에는 노을이 그리는 성의 실루엣을 바라보던 곳이었다. 사람들은 오늘을 살고 있지만 나는 아직 어제를 살고 있다는 걸 나만 알고 있었다.

오래전에 동상이 되어 버린 예술가의 발치에 허물어지듯 누웠다. 짧은 잔디가 머금은 아침 이슬이 옷에 배어들었다. 하지만 비어 있는 벤치가 없기에 다른 수가 없었다. 배낭을 베고 눈을 감자마자 나를 졸랑졸랑 따라오던 잠이 배어들었다. 햇빛 아래 무슨 일이 있으랴. 아무 일도 없었다. 다만 너무 추운 나머지, 간신히 자던 노루잠도 오래가지 못했다. 나에게만 한겨울인 것 같았다. 젖어 버린 엉덩이가 시렸다. 그제야 모두가 앉지도 않는 풀밭에 나 혼자 누워 있음을 보았다.

　사람들이 지나가고, 나는 아무래도 프라하를 떠나야겠다고 생각했다. 돈을 아끼고 너무 많은 것을 잃었다. 머리를 박고 옆자리의 인연들이 떠나길 기다리던 장면이 거듭 머릿속을 울렸다. 무언가 잘못되었음이 분명했다. 돈을 아껴야 한다거나 이 여행은 어떠해야 한다는 마음들이 새로운 강박이 되어 버렸는지도 모른다. 민박집에라도 가서, 잘 지은 밥 한 공기를 먹고 쉬어야겠다고 생각했다. 고슬고슬한 밥 위로 솔솔 피어오르는 김을 상상했다.

　그렇게 마음은 이미 프라하를 나서고 있을 즈음, 치프리에게 연락이 왔다. 밤을 새고 공원에서 미약한 햇빛을 덮고 있다는 나의 말에 그는 화들짝 놀랐다. 그는 내가 잘 놀고 있겠지 생각하고 있었다고 말했다. 나는 아마 나의 부모님도 그렇게 생각하고 있을 거라 말했다. 프라하를 떠난다는 나에게 치프리는 집 주소를 보내며 이제라도 와서 쉬기를 권했다. 축축하

게 젖어 있는 심신은 한 공기 밥처럼 따스운 그 초대에 저항할
이유도 힘도 없었다. 거리의 햇빛이 따뜻해진들 누군가의 이
러한 초대만 할 수 있을까.

　우리는 그렇게 프라하 교외에 위치한 그의 집에서 다시 만
났다. 내가 보지 못한 나의 몰골이 자못 초췌했는지, 그는 아
무래도 안 되겠다며 고향 루마니아에서 가져왔다는 마법의 약
을 꺼내 왔다. 산초들로 만들었다는 주황색 시럽이 숟가락 하
나 가득 담겼다. 달달함이 마법처럼 온몸으로 퍼지고, 나는
햇빛이 드는 작은 침대에 눕자마자 잠이 들었다. 햇빛은 그제
야 따듯했다.

치프리는 장난기가 많은 사람이었다. 그와 함께하는 동안 프라하는 농담과 헤픈 웃음들로 알록달록 칠해졌다. 그런 그가 이제 정말 프라하를 떠나는 나에게 짐짓 진지한 표정을 짓는다. "좋은 사람은 추운 공원이 아니라 우리 집에서 자야 한다는 게 내 원칙이야. 그래서 난 네가 공원에서 자야 했다는 게 계속 아쉽다. 너를 조금 더 일찍 초대할걸…." 어쩐지 아쉬움이 따뜻하다. "그랬다면 내가 마법의 약을 먹어 볼 기회를 놓쳤을 거야." 우리는 마지막으로 함께 웃었다. 그가 나를 초대했던 그때가 분명, 우리가 다시 만나기에 가장 완벽한 순간이었다.

너와

남

'너'들 속에서는 남이었던 이가 남들 속에선 너처럼 보였다. 눈이 마주쳤고 우린 말없이만 너들일 수 있었다.

우리는 너들과 남들의 공간을 나누며 살아간다. 너들의 공간에서는 남들로부터 멀어질 벽을 지으며, 남들의 공간에서는 너들이 될 구실을 찾는다. 여행을 떠나오면 이런 경향은 더 심해지는데, 이는 우리가 지나치게 남이라 생각하는, 본 적 없는 이들에게 둘러싸이기 때문이리라.

동양인만 보아도 남은 아닌 것 같으며, 초면이라도 한국인이라면 친숙함이 움칫거린다. 그렇게 남들의 세상 속에서 끊임없이 '너'가 될 틈을 물색한다. 그럼에도 불구하고 인사를 건네지 못함은 남이 되는 것에 너무 익숙해져 버린 탓이려나.

일상의
내음

유모차에 손을 얹고 나를 응시하던 그의 눈빛은 어디론가 깊이 침잠하고 있었다. 영영 헤어나지 못할 것만 같은 곳으로.

그를 만난 건 프라하에서 드레스덴Dresden으로 향하는 버스에서였다. 한글로 쓰인 "뭘 봐?" 스티커가 그의 핸드폰에 붙어 있었다. 문구 하나에도 관계를 동질감으로 시작할 수 있다는 것이 여행의 장점이었다. 우리는 대화를 시작했다. 둘 다 혼자였고 마주 앉아 있었으니 대화를 하지 않기도 어려웠다. 서른 셋. 그는 나의 짧은 여행기를 들으며 팔 년 전쯤을 반추하는 듯했다. 그러다 그는 자신도 그렇게 여행하기를 좋아했었으나, 이제는 그러기 힘들다며 운을 떼었다. 그와 나 사이에 있는 시간의 간극이, 멈추지 않는 버스 안으로 토해져 나왔다.

그에게도 자유로이 길을 잃던 시간이 있었다. 그렇게 멀리

드레스덴까지 흘러왔으리라. 다만, 마음의 속도와 시간의 속도는 달라서, 마음이 흘러오는 동안 시간은 흘러가 버렸다. 하여 그에게 '지금'은 즐기는 무엇이 아니라 책임져야 할 무엇이 되었고, 그렇게 그는 항상 조금 앞서는 '지금'을 반 발짝 늦게 따라가고 있었다. 프라하에 다녀오는 연유를 묻자 그는 돈을 벌기 위해 종종 관광 가이드를 해야 한다고 말했다.

찐득한 일상의 냄새가 났다. 프라하로 가는 길은 그에게 돈을 벌러 가는 길이었고, 드레스덴으로 가는 길은 퇴근길이었다. 그가 그 사이를 달리는 버스에서 웃음 짓지 않았던 것은 어쩌면 당연한 일이라 생각했다. 버스가 멈추고서야 그가 띄운 옅은 미소는, 괜스레 돌아본 자신의 지난날들과 나누는 눈인사였던 것 같다. 우리는 버스에서 내렸다. 그는 묵묵히, 남은 귀갓길을 따라 걸어갔고, 나는 잠시 정류장 앞의 빵집에 앉았다.

버스의 뒤를 보고 앉아 온 탓인지, 다른 누군가의 지난 시간을 들여다본 탓인지 가벼운 멀미가 났다. 멍하니 빵집 입구를 바라보고 있었다. 그러다 나의 시선이 머물던 그 작은 공간에 우연히, 유모차를 미는 그가 배가 불러 있는 그의 아내와 함께 멈추어 섰다. 나와 그의 눈이 다시 마주쳤다.

프라하도 드레스덴도 그 어떤 낭만이랄 것도 일상이 되어 버린다는 것은 제법 슬픈 일인지도 모르겠다.

우린
너를 사랑해

저녁이 내려 어두워진 방 안, 작은 의자 위에 노트북이 하나 놓였다. 노트북을 바라보는 한쪽 벽에는 침대가 꼭 끼어 있다. 그 침대 위아래로 하나둘 친구들이 모인다. 홀로 밝은 모니터 안에선 흥겨운 인도 음악에 맞춰 사람들이 춤을 춘다. 화려한 장식들과 헤픈 웃음들. 영화 속 인도의 한 가정집에서는 결혼식 준비가 한창이고, 화면 밖 기숙사 방에서는 자그마한 영화상영회가 이제 막 시작되고 있다. 침대 하나에 옹기종기 모여 앉은 우리의 얼굴들이 화면의 빛을 받아, 어둠 속 허연 풍선들처럼 듬성듬성 떠 있다. 다른 풍선들처럼 내 풍선도 보이지는 않지만, 나의 풍선은 분명 달뜬 마음을 감추지 못하고 미소 짓고 있다. 혼자 여행을 떠나와 놓고 함께하는 기분에 이렇듯 설레고 있다.

드레스덴의 호스트 니란잔Niranjan은 기숙사에 살았다. 한 층에 8개의 개인실과 하나의 부엌이 있었다. 그의 방은 2평 남짓이었다. 모든 가구가 약속된 것처럼 방에 꼭 끼어 있었고, 간신히 보이는 방바닥이 나를 위한 매트리스 자리였다. 학교에 갈 준비를 하는 아침이면 그가 나를 피해 매트리스의 이곳저곳을 밟아야 했고, 나는 매일 그 들썩임을 따라 꿈틀대며 하루를 시작했다.

나머지 일곱 방에 사는 친구들과의 첫 만남은 급작스러웠다. 기숙사에 도착해 니란잔의 방에 막 짐을 풀고 복도로 나섰을 때였다. 처음 보는 이가 한껏 미소를 지으며 다가왔다. 그녀는 팔을 뻗어 핸드폰을 보여 주었다.

"이것 좀 봐!"

나는 아직 그녀도 제대로 보지 못한 채 그녀 손에 들린 핸드폰을 보았다. 그녀와 어떤 수염 난 남자의 얼굴이 우스꽝스럽게 바뀌어 있는 사진이었다. 니란잔은 웃었고 나는 따라 웃으며 눈치를 봤다. 그런 내 앞에 그녀가 대뜸 셀프카메라를 들이밀었다. 처음 보는 그녀의 얼굴과 나의 얼굴은 어색하게 바뀌었다. 내 목 위에 달린 얼굴은 호탕하게 웃고 있었지만 그건 내 얼굴이 아니었다. 웃음소리에 다른 방 친구들이 하나둘 복도로 나왔다. 사진 속 수염 난 남자, 단발의 여자…. 그렇게

나는 처음 보는 이들과 거듭 얼굴이 바뀌는 와중에 남의 목을
빌려 어색하게 인사했다. 그리고 우리는 만나자마자 참 쉽게
도 함께 웃었다.

그 만남을 시작으로 우리는 매일 같이 복도 끝 부엌에 모였
다. 하나의 층, 여덟 개의 방에는 서로 정말이지 다른 이들
이 살았다. 나와 얼굴을 바꿔 대던 이는 슈르띠Shruthi였고, 수
염 난 남자는 나하스Nahas였다. 둘 다 인도에서 왔지만, 지역
과 종교가 달랐다. 그렇기에 둘은 인도였다면 연인이 될 수 없
는 사이지만, 드레스덴에서는 니란잔의 옆방에 함께 살고 있
었다. 드레스덴의 로미오와 줄리엣인 셈이었다. 니란잔 역시
인도인이었지만 그들과는 쓰는 언어가 달랐다. 이들로만 그려
봐도 인도는 꽤나 비범한 나라인 듯했다. 니란잔은 내가 아는
턱수염이 수북한 이 중 가장 귀여운 사람이었다. 언제나 기분
좋게 웃었고, 나에게 배운 이후로 틈만 나면 "Gaejjeonda!"를
외치곤 했다.

단발머리 여자는 요르단에서 온 사라Sara였다. 그녀는 성별
을 떠나, 그저 아름다운 것들을 좋아했다. 하루는 그녀의 독
일인 여자 친구가 부엌에 찾아왔다. 그들을 위해 내가 월남쌈
을 만들어 주고 있을 때, 사라는 내 손을 빤히 보았다. 그러더
니 대뜸 "네 손도 사랑할 수 있겠어."라 말했다. 그렇게 내 손
이 '아름다운 것'으로 간택된 이후 사라는 종종 내 손을 만지게
해 달라고 부탁하곤 했다. 그리고 우리가 헤어지던 날에도 사

라는 내 손에게는 따로 작별 인사를 했다.

사라의 옆방에 사는 오마르Omar는 그녀의 죽마고우였다. 어려서 요르단의 암만에서 함께 자란 두 친구는 이 독일 땅에서도 함께하고 있었다. 서로 퍽 무심하다가도 힘들 때면 서로를 찾는 그들은 때론 남매 같기도 했다. 그들 외에도 이 공간에는 폴란드, 체코, 브라질, 중국에서 온 친구들이 함께 살아가고 있었다.

밥을 먹는 것처럼 인간의 기본적인 욕구가 충족되는 순간에 우리 마음이 가장 쉽게 열린다는 말이 있다. 그래서일까, 공유하는 부엌은 마음을 공유하기 좋은 공간이었다. 나는 사라와 함께 요르단식 '게으른 케이크Lazy cake'를 만들기도 했고, 저녁에는 슈르띠와 나하스가 로티Roti를 반죽해 굽는 동안 밥을 짓기도 했다. 그렇게 각자의 한 끼를 만들고, 나누어 먹으며 대화했다. 사라가 술집에서 시를 낭독하던 이야기부터, 언젠가는 비행기를 직접 조종해 촬영지로 가는 만능 배우가 되고 싶다는 슈르띠의 이야기까지. 세상 곳곳을 살아가던 이야기들이 작은 부엌에 가득 모여 북적이는 날들이었다. 그렇게 우리는 쉽게도 친해져 갔다. 우리가 첫날 복도에서 웃었던 것처럼.

우린 며칠을 함께했다. 그들은 나를 망설임 없이 '우리'로 받아들여 주었다. 하나 언제까지고 그 자리에 머물 수는 없었다. 내가 드레스덴을 떠나는 날, 우리는 함께 소풍을 갔다. 정원이 딸린 작은 궁전에서 여는 마지막 연회. 그 엔딩은 포옹이었다. 머물지 못할 우리의 마음들을 잠시나마 함께 안았다. 아쉬움이 남아 있으니, 헤어지기 좋은 순간이었다. 그리고 작별하려는 나를 바라보며 슈르띠가 말했다.

"우린 너를 사랑해."

떠나는 나를 붙잡는 말이 아니었다. 잊고 가는 물건을 쥐여주듯, 떠나는 내가 간직하라며 건네는 말이었다. 그 짧은 시간을 함께하고도 '우린 너를 사랑해'라고 말해 줄 수 있는 그들. 이 순간 'We love you'를 우린 너를 사랑해로 번역하면서 '사랑'이라는 단어 앞에서 멈칫거리는 나를 보며, 우리 언어에서 얼마나 많은 중요한 가치들이 쉽게 표현되지 못하고 가라앉아야 하는가 생각한다. 나는 참 쉽게 사랑을 하는 이들과 함께했다. 쉽지만 가볍지 않은 마음들을 챙겼다. 그리고 이 순간을 놓치기 전에 나 또한 말했다.

"나도 너희를 사랑해."

어쩌면 나를 태우는 것이 그들에게는 당신들의 추억을 주워 보는 일이었는지도 모른다. 나로 인해 잠시나마, 세월의 먼지 아래 희미해지던 추억이랄 것들이 그들 마음속에 번졌기를 바랐다. 나를 두고 다시 차에 타기 전, 노부인은 내 손에 은박 덩어리를 쥐여 주었다. 은박지에 싸인 초코케이크에선 달큰한 향이 났다.

chapter 4

사과 한 알과 케이크 반 조각

베를린, 프랑크푸르트, 쾰른

민박집
용수 형

베를린Berlin에서 며칠은 한인민박에 머물렀다. 용수 형은 같은
방을 쓰던 형이었다. 뒤늦게 미술을 하겠다며 베를린으로 떠
나왔다는 그는 민박집에 발붙이고 있었다. 그곳의 장기투숙자
들은 대체로 여행자들과는 그 분위기가 조금 달라, 서로 잘 어
우러지지 않았다. 다만 용수 형은 '신참' 장기투숙자여서인지,
방에 들어오는 여행객들에게 종종 말을 붙이곤 했다. 그는 내
게도 이런저런 질문들을 했고, 나는 가벼이 대답하며 짧은 대
화를 이어 갔다. 그러다 그가 내게 여행의 이유를 물었다.

그 물음이 낯선 것은 아니었다. 아침에 빵에 버터를 바르다
가, 내 파란 운동화를 바라보며 길을 걷다가 문득문득, 이 여행
의 이유와 목적 따위의 것들은 고민거리가 되어 나타나곤 했
다. 그 이유라는 것은 그저 길을 걸으며 계속 만들어지고 있는
것 같았다. 짧게 답할 수는 없을 것 같았다. 그래도 침묵하고

싶지는 않았고, 민박집의 밤에는 할 것이 마땅치 않았기에 나는 여행의 이유가 되어 가고 있는 것들을 얘기하기 시작했다.

거창하지 않았다. 생전 처음 본 어느 사내와의 악수, 작은 도시 냉장고에 꽂혀 있던 당근, 나를 사랑한다는 말 한마디. 대학 등록금을 들고 먼 길을 나서던 내가 찾고자 했던 것이 이런 것들인지는 모르겠지만, 이 길에서 나는 지금을 부단히 살아가고 있는 이들의 선택들을 본다. 그리고 그 선택들이, 그 사람과 삶이, 내 삶의 철학을 조금씩 그려 간다. 되도록 오래 걷고 싶은 길, 매일 조금이라도 돈을 아껴 맞이하는 하루하루는 증명의 과정이 되어 가고 있다. 내가 2주 안에 한국으로 돌아올 거라고 손목을 걸던 이들이 틀렸음을, 그렇게 확신 없이 내렸던 나의 첫 선택이 제법 훌륭했음을 증명하는 과정.

이틀 밤이 지나고, 나는 비싼 민박집을 떠나 근처의 호스텔로 옮기기로 했다. 퇴실을 하고 나오자 민박집 앞에 용수 형이 있었다. 그는 담배를 입에 물고 어색하게 서 있었다. 무언가를 생각하는 듯하던 그가 내게 잠깐 와 보라 하더니, 맛있는 걸 사 먹으라며 10유로를 건네었다. 겸연쩍어하는 그의 모습 아래 있는 진심이 내 마음을 스쳤다. 서로 알게 된 지 이틀이 채 안 되는 사람에게, 지금 떠나는 여행객에게 자신의 무엇을 내어 준다는 것. "기특해서 그래…." 그가 읊조린 말이, 아직 길을 찾지 못한 나를 토닥인다. 지금 내가 어떻게 살아가고 있는지가 중요하다.

껍질

슬그머니 눈을 뜨며 안대를 벗고 일어났다. 호스텔에서의 첫 아침이었다. 이후에 알게 된 일련의 사실들이 당시의 기분을 각색했는지는 모르겠다. 그러나 그 순간 나의 의식은 분명 무의식은 알고 있지만, 자신은 모르는 무엇인가가 있다는 싸한 느낌을 느꼈다. 아직까지는 별일이 없을 거라는 안정에 대한 믿음과 뭔지 모를 불안감이 팽팽히 맞서고 있었다.

기본적인 기상 절차를 시작했다. '안경을 찾아 끼고, 핸드폰으로 시간을 확인.' 손으로 몸 옆을 더듬었지만 웬일인지 핸드폰이 잡히지 않았다. 불안감의 실체가 엄습했고, 그럴 리 없다는 현실 부정은 강하게 반발했다. 아닐 거야. 충전기를 따라 더듬어 보아도 핸드폰은 없었다. 충전기와 이어폰 사이의 공백은 정말이지 장난 같았다. 잠들기 전까지 나는 핸드폰을 충전하며 음악을 듣고 있었다. '아닐 거야'는 점차 절박함으로 변해 간다. '아니어야 한다.' 침대를 다 뒤집고 바닥을 찾아보았으나 없었다. 핸드폰이 혼자 들어갔을 리 없음에도, 침대 시트까지 벗기던 것은 아마 불안을 인정하기 전 마지막 허우적거림이었을 것이다.

머릿속에 그 어떤 생각도 구체화되지 못하고 있었지만, 본능은 '나의 것'이었던 없어진 것들을 찾기 시작했다. 어제 용수 형이 건네어주던 10유로와 현금들, 국제학생증 체크카드도 없었다. 인간의 방어기재 혹은 안정 추구 욕구는 놀랍게도 그 순간까지도 '왜 없을까?'라는 물음을 던진다. '그렇다면 비상 카드는….' 여권을 넣어 두는 작은 가방에 함께 있던, 한 번도 써 보지 못한 나의 예비 카드도 사라졌다. 그 없어짐들을 발견하는 것은 여타의 발견들과는 다르게 확장이 아닌 중단을 가져온다. 사고의 중단.

잠시 침대에 앉아, 아직도 어딘가에 있지 않을까 하는 믿음의 보푸라기들을 애써 잘라 낸다. 그제야 시간이 없다는 본능의 말을 듣는다. 문을 박차고 카운터로 나갔다. 사고의 중단 때문인지 영어는 이상한 순서로 구성되고, 머릿속에는 나의 상황, 감정 상태를 나타내기 위해 과장되어야 할 욕설들이 크게 쓰였다. 나는 나의 것 같았던 것들과 함께 사라진, 같은 방을 쓰던 두 명의 신상 정보를 물었다.

카운터의 직원은 약간은 당황한 듯이 컴퓨터를 두드리더니, 한 명은 독일인이고, 다른 한 명은 폴란드인이라고 말해 주며 터무니없는 한마디를 덧붙인다. "아마 폴란드인일 거야. 독일인은 보통 그렇지 않거든." 이 무슨 살아 숨 쉬는 나치즘인가 하는 느낌 외에는 아무것도 전달되지 않는 그 터무니없음 덕분이었는지, 그 둘을 내가 아는 것은 무의미함을 깨달았다. 한국에 전화를 해야 했고, 경찰에 알려야 했다.

핸드폰이 없으니 그 작은 기기를 잃어버렸음을 알릴 수도 없었다. 호스텔의 전화기를 빌렸다. 카드회사에서 준 해외 비상연락망으로 전화를 걸어 보지만, 도무지 연결되지 않았다. 그 비상 대책이라는 번호는 핸드폰과 카드를 도난당한 나에게 거듭 핸드폰 번호와 카드번호를 누르라 할 뿐이었다. 심지어 호스텔 전화기는 입력도 되지 않았다. 비상연락을 포기하고 엄마에게 전화를 걸며, 내 앞에 계속 서 있던 직원에게 경찰을 불러 달라고 말했다. 엄마에게 가능한 한 담담하게 지금의 상황을 설명했다. 다른 무엇보다도 카드를 정지해 달라고.

◇ ◇ ◇

종이와 펜을 들고 '지금'을 정리하기 시작했다. '없어진 것 : 체크카드 두 장, 수십 유로의 현금, 핸드폰, 여행자에 대한 신뢰.' 화가 났다. 한창 사람에 대한 믿음을 쌓아 가던 여행 47일차였다. 그 녀석이 훔친 건 돈과 핸드폰이 아니라, 신뢰였다. 열 좋은 사람들이 신뢰를 쌓았지만, 한 놈의 충동으로 마음속에 허망하게 의심이 스민다는 것이 화가 났다. 그리고 내 마음을 스쳤던 누군가의 진심이 그 녀석에게는 그저 10유로일 것이, 내가 걸어온 시간의 기록물이 그 녀석에게는 그저 새 전자기기일 것이, 그렇게 그는 자신이 그저 돈을 훔쳤다고 생각할 것이 화가 났다.

분노를 삭인 건 애석하게도 상황의 타개가 아닌 더 큰 불안이었다. 이 난국 속에서 어떡해야 할지를 고민했지만, 어떻게 할 건더기가 없었다. 지금의 최선은 카드를 정지하고 경찰에게 알리는 것뿐인데, 이는 뒷문을 닫는 일이지 앞문을 여는 일은 아니었다. 돈을 아끼는 것과 돈이 아예 없는 것은 많고 적음이 아닌, 있고 없고의 문제였다. 그 총체적 없음 속에서 떠오른 유일한 '있음'은 사람이었다. 정 선생님. 박사 학위를 위해 베를린으로 떠난 그는, 지금도 베를린 어딘가의 도서관에서 논문을 보고 계실 터였다. 다만 그의 번호도 기계만이 기억하고 있었기에, 그에게 닿을 방법이 없었다. 같은 도시에 있어도 작은 기계 하나 없으니 이리도 아득히 멀었다.

차분히 그에게 닿을 방법을 궁리했다. 우리의 연이 시작된 곳은 서울의 한 학원이었다. 학원은 그의 연락처를 알지도 몰랐지만, 나는 학원 번호 역시 몰랐다. 다시 엄마에게 전화를 걸었다. 그녀가 카드회사로부터 얼핏 들은 오늘 아침의 사용 내역을 말해 주었다. 나는 일어난 지 삼십 분이 채 안 되었지만, 내 카드는 부지런히 100만 원 가까이를 토해 내고 있었다. 엄마의 목소리가 파르르 떨렸지만, 그걸 잡아 주기엔 나도 너무 떨리고 있었다. 엄마가 인터넷 검색으로 찾아 준 학원 번호로 전화를 걸었고, 내 상황은 정 선생님의 지인들에게 '급박하게' 퍼져 나갔다. 내가 급하다며 원장 선생님이 수업 중임에도 바꾸어 달라 했으니.

경찰이 왔다. 영어를 잘하는 남녀 2인조 경찰이었다. 그들은 썩 진지하게 나의 얘기를 들어 주었고, 잃어버린 품목들을 확인했고, 같은 방을 썼던 두 명의 신상을 적었다. 진중했지만 간략했다. 나는 사건번호를 부여받았고, 그들은 추가할 정보가 있으면 연락하라며 번호와 메일 주소를 남겼다. 침해당한 나의 이익을 대변하기 위해 애썼지만, 허우적거림에 그친 느낌이었다. 나는 내 것을 잃어버렸다는 말을 반복할 뿐, 내 것을 설명하지 못했다. 필요한 정보는 카드와 핸드폰의 고유 번호이었으나, 나는 카드와 핸드폰의 생김을 묘사할 줄밖에 몰랐다. 묘사가 반복될수록 내 것이라는 의식은 흐려져 갔다.

다시 학원에 전화를 걸자, 정 선생님의 번호는 알아냈으나 나에게 전해 줄 방법을 몰라 발만 동동 굴렀다 한다. 이런 게 비상연락망이다 싶었다. 대륙을 건너 전해 받은 번호로 드디어 전화를 걸었다. 수화기 너머로 들리는 정 선생님의 목소리에 내 의식은 크게 휘청였다. 우리는 의지할 곳이 있기에 넘어지는지도 모른다. 위치를 알리고 그를 기다렸다. 막연한 불안과 초조는 여전히 나와 함께했지만, 딱히 그들이 할 일이 없었다.

얼마 뒤 정 선생님이 도착했고, 그는 바로 맥주를 한 병 사 주셨다. 공복에 마른입 속으로 한 모금을 밀어 넣었다. 당신 생애 카톡과 부재중 전화가 이렇게 많이 와 있던 적은 처음이라는 그의 말에 나는 왜 그리 울컥했을까. 내 안에도 도르래가 있어, 맥주가 빈속을 따라 내려가고 감정이 끌려 올라왔을 거라며 맥주를 탓했다. 행여 다 마셨다가는 눈가에 고여 있는 감정들이 터져 나올 것 같아, 맥주는 남겨 두고 첫 끼니를 먹으러 가기로 했다.

호스텔 밖의 태연한 공기에 코가 시큰했다. 그래도 이 무정하게 좋은 날씨 아래 나를 혼자 두지 않아 준 사람이 있음에, 많은 걸 잃었어도 사람이 있음에, 그래도, 그래도 다행이었다.

해는 밝고
날은 따뜻하고
바람은 선선하다
나는 5월의 봄을 샀다

속

산란한 마음이 가라앉고 생각했다. 이 사건은 반질반질하게
잘 포장되어 있는 세상의 표피를 아주 정교하게 도려내었다.
너무나도 조용하고 말끔하게 처리되었기에 세상의 구성원들
중 누구도 피를 흘리지 않고도 그 속내를 들여다볼 수 있었다.
마치 세상의 껍질을 열어 보기 위해 도둑에게 돈을 지불하기
라도 한 것처럼.

◇ ◇ ◇

내게 범인으로 폴란드인을 추천한 호스텔 직원은 내가 전화
를 빌려간 이후로 나를 지켜보았다. 자신의 명쾌한 범인 추천
에도 사건이 쉽게 해결되지 않았음이 탐탁지 않았던 것 같다.
그의 응시 탓인지 생각보다 일들이 잘 해결되지 않았다.

가장 큰 문제는 카드회사였다. 비상연락망으로 전화를 해도 도통 상담원과 연결할 수가 없었다. 도둑이 들고 있는 내 카드의 번호를 입력하라는 것이 누구를 보호하고자 하는 건지 알 수 없었다. 엄마가 카드를 정지해 달라고 전화를 했을 적에는, 도둑이 쓴 내역을 읽어 주면서도 본인과 통화를 하지 않으면 정지해 줄 수 없다는 말을 반복했다. 만전을 기하기 위함이겠지만, 왜 나를 보호한다는 것들이 하나같이 나에게만 힘든지.

카드회사와 또 전화 연결이 안 되었을 때, 호스텔 전화기가 울렸다. 카드회사의 번호가 뜨기에 받았으나 아무런 말이 없었다. 다시 카드회사에 전화를 했고 연결은 실패했다. 그리고 얼마 뒤 다시 호스텔 전화기가 울리자 이를 보고 있던 직원은 전화를 내놓으라 했다. 카드회사 번호가 떠 있는 전화기를 그에게 건넸다. 그가 받아도 역시 아무런 말이 없었던 것 같다.

그는 내가 자신들의 전화를 붙들고 있는 것에 더해 호스텔로 온 전화를 내가 받았다가 끊은 상황에 화가 난 모양이었다. 어쩌면 본인 또는 호스텔의 이익이 침해를 당했다고 생각했는지도. 아니면 그저 본인의 기준에서는 충분한 배려가 끝났다고 생각했는지도 모르겠다. 나는 아직도 카드를 정지하지 못하고 있었다. 전화를 한 번만 더 빌려 달라는 나에게, 그는 폴란드인을 지목하던 그 차가운 얼굴로 말한다.

"이게 네 마지막 기회야. This is your last chance."

너무 차가웠다. 속을 얼린 냉기의 알싸함이 입에 감돌았다. 있는 줄 몰랐던 '기회'도 도둑맞은 기분이었다. 내가 들고 있던 호스텔 전화기가 다시 한 번 울렸다. 카드회사의 번호가 떠 있었다. 마지막 기회에 또 공을 그에게 넘길 순 없었다. 냉기에 혀가 꼬이지 않도록 또박또박 내 카드회사라고 말하며 전화를 받았다. "여보세요." 수화기 너머로 탄식이 들렸다. 그이도 고생을 한 모양이었다. 외국으로 전화를 거니, 아무 말도 안 들렸다가, 독일어가 들렸다가, 영어가 들리니 얼어 버려서는 아무 말도 못하고 있었단다. 타국 설움의 묘한 상봉이었다. 내 목소리를 듣는 것이 중요했는지, 카드 정지는 간단하게 끝났다.

경찰이 왔다 가자 이번에는 내가 정지한 카드의 번호를 알아내야 했다. 다시 전화가 필요했다. 이번에도 아마 전화가 한 번에 연결될 것도 아니었고, 그 직원에게 기회를 배부받고 싶지도 않았다. 그깟 전화기가 뭐라고. 내 마음만을 가지고 떼를 쓰고 싶지 않으면서도, 사람의 마음이 차치된다는 것이 화가 났다. 호스텔을 나와 엊그제 묵었던 한인 민박집으로 향했다. 닮아서 생기는 막연한 호감 같은 미약한 동포의식에라도 기대야 할 것 같았다. 따듯하진 않더라도 덜 차가울 정도의 거리가 아닐까 하며.

민박집 주인은 부엌 식탁에 한 여자와 마주 앉아 있었다. 썩 따끈한 구면인지라 나를 기억할 터였다. 인사를 하며 지금의 상황을 설명하고 카드회사와 집에 급히 전화를 할 수 있는지를 물었다. 그는 오케스트라 공연을 예매하고 있었던 모양이었다. 그는 나를 쳐다보지 않았다. 핸드폰을 응시하며, 앞의 여자와 예매하던 표에 관한 대화를 천천히 이어 갔다. 내 말이 허공에서 바스러져 버린 모양이었다. 감정인지 뭔지 모를 것에 몸이 떨렸다. 그래도 내가 그의 삶에 갑작스레 끼어든 것이므로, 나의 상황과 무관한 이에게 내가 부탁을 하는 것이므로 문간에서 기다렸다. 앞의 여자가 나를 잠깐 쳐다보았다. 예매가 끝났을 즈음에야, 그는 여전히 나를 보지 않은 채 앞의 여자에게 말했다.

"한국 카드회사로 전화하면, 그거 비싸지 않나."

이미 얼어 있던 마음이 깨져 그 파편들이 쓰라렸다. 그 순간의 지나친 고립감이 그나마 나를 무너지지 않게 붙들어 주었다. 그가 끝까지 나를 보지 않았어도, 나는 밖에 있는 전화기를 짧게 쓰라는 그의 말을 감사히 잡아야 했다. 그래도, 그래도 덕분이니까. 다만 카드회사와 전화를 한 후에 차마 엄마에게 전화를 할 용기는 없었다. 행여 일말의 따스함이라도 내게 닿으면 간신히 붙들고 있던 것들이 모두 녹아 터져 버릴까 두려워서. 나를 붙든 채 고개를 숙이며, 정말 감사하다는 말을 남기고, 그곳을 아주 떠났다.

◇ ◇ ◇

　너무 잡고 싶었다. 제가 무얼 취했는지도 모를 그놈을 잡
고 싶었다. 잡아서 무얼 할지는 모르겠지만, 분명 잡을 수는
있을 것 같았다. 경찰이 남긴 이메일로 놈이 쓴 카드 내역을
보냈다. 그는 다른 여행자의 돈을 취해 제 여행을 즐기는지,
인터넷으로 독일 기차표들을 여러 장 구매했다. 그가 누군
지, 어디에 있는지를 뻔히 알 수 있을 것이었다. 그리고 이따
금 놈이 훔쳐 간 내 핸드폰 속 여행 어플이 위치를 인식하여,
"Welcome to Dresden!" 따위의 이메일을 내게 보냈다. 팔만 뻗
어도 놈을 잡는 건 일도 아닐 거였다.

　그런데 정말 일도 아니었기 때문일까. 아무 일도 일어나지
않았다. 놈을 잡기 위해 나는 정 선생님의 도움으로 베를린에
머물며, 처음에 왔던 두 경찰이 필요하다던 정보를 필사적으
로 찾았다. 8시간의 시차 속에서 카드 회사, 통신사, 핸드폰
제조사로부터 온갖 번호들을 캐냈다. 물건은 이미 도둑 손에
있는데, 나를 보호한다며 그들은 물건의 정보를 알려 주지 않
았고, 나는 이게 대체 누굴 보호하고자 함이냐고 묻는 일의 반
복이었다. 도둑을 잡기 위해 오히려 내가 나를 거듭 증명해야
했다. 그 우스꽝스러움을 견디며 얻은 정보들을 틈틈이 경찰
이메일로 보냈지만, 모든 열과 성이 경찰에게 이르러 종적을
감췄다.

그러기를 일주일. 마지막으로, 엄마가 찾아가 가족관계증명까지 함으로써 간신히 얻은 핸드폰 고유번호를 들고 경찰서에 가 보기로 했다. 경찰이 내게 사건번호를 배정하면서 준 문서에 A36경찰서가 쓰여 있었다. 정 선생님과 그곳에 도착했다. 그 경찰서는 우리나라 경찰서와 달랐다. 아무런 표시도 없는 잿빛 건물의 인터폰을 누르니 퉁명스런 목소리가 왜 왔냐고 물었다. 정 선생님은 독어로 이유를 설명했고 철문이 열렸다.

　좁은 민원실에 도착했다. 시큰둥함을 덕지덕지 달고 있는 그곳의 여경에게 내 사건번호가 적힌 문서를 보이며 자초지종을 말했다. 얼추 듣더니 그녀는 잃어버린 물품 목록을 다시 작성하라며 양식을 주었다. 첫날로의 회귀였다. 하지만 나는 다시 한 번 가능한 세세하게, 그때는 몰랐던 번호들까지 적어 나갔다. 상세할수록 잡을 수 있을 것 같았기에. 현금 액수부터 카드번호와 핸드폰 고유번호를 시간을 들여 구태여 또박또박 적었다. 경찰은 다 적은 종이를 들고 안쪽 컴퓨터 자리에 앉아 그걸 옮겨 적는 듯했다.

　그런데 앉은 지 얼마 안 돼서 그녀가 다시 내게 돌아오더니 핸드폰 고유번호는 이 번호가 아니라 한다. 내가 그 번호를 얼마나 힘들게 구했는지는 여기서 전혀 무의미한 정보였다. 그녀는 본인 핸드폰을 들어 보이며 친절하게(?) '*#06#'을 누르면, 필요한 번호를 확인할 수 있음을 설명한다. 다만 그 친절은 핸드폰을 도둑맞은 내게는 조롱이 되어 닿았다. "도둑에게 전화해서 그걸 누르고 그 번호만 좀 알려 달라고 부탁해야 하나요?"라는 말을 나 혼자 한국어로 읊조릴밖에.

설명을 마치고 그녀는 친절도 마쳤다. 내가 그녀 앞에서 쓴 종이를 그녀가 내 앞에서 갈가리 찢기 시작했다. 하나의 퍼포먼스 같았다. 이 하나의 장면을 연출하기 위해 내가 부단히도 준비했던 거였다. 머릿속 시냅스들이 터지고 신경이 가닥가닥 찢겼다. 미동도 없이, 그녀가 피날레로 쪼가리들을 쓰레기통에 버리는 걸 보면서야 내가 이곳에 머물 필요가 없었음을 깨달았다. 놈을 못 잡는 게 아니라 안 잡는 것이었다. 그게 새삼 당연했다고 느껴졌다.

직업이 의사인 지인이 언젠가 '의사는 손잡아 주고, 간호사는 돈 받아 주는 거'라는 농담을 했었다. 어쩌면 그들은 우선 의사를 보냈던 건지도 모른다. 처음에 온 두 명의 경찰들이 내 애기를 썩 진지한 얼굴로 들어 준 마지막 경찰들이었으니. 내 손을 한 번 잡아 주고는, 내가 어서 떠나기를 기다리고 있었던 게다. 나는 피해자이기 이전에 어차피 떠날 외국인이었으니까.

인샬라 in shā' Allāh

'한달음'이라는 말은 애틋한 말이다. 드레스덴에 있던 사라는 한달음에 베를린으로 왔다. 내게 있었던 일을 듣고 그녀는 화를 냈다. 그녀가 아는 다채로운 언어들로 욕이 빚어졌다. 그 욕들은 어쩐지 나의 지금을 꾸밀 수 있는 적절한 형용사들 같았다. 나는 나의 감정을 온전히 표출할 줄 모르기에, 그녀처럼 날것 그대로의 감정을 뱉어 본 적이 없었다. 고마웠다. 내가 소리치지 못한 것을 꺼내다가 그녀가 대신 뱉어 주는 듯하여. 욕을 마친 그녀는, 오늘은 나의 저녁을 당신에게 맡겨 달라 말한다. 요르단의 'Mansaf coma(요르단 전통식 만샤프를 정신이 혼미해질 정도로 많이 먹는 짓)'를 들어 보았냐며, 오늘은 아랍 음식으로 배가 불러 기절하게 해 주겠다며. 나의 허한 속을 채워 주려는 그녀의 마음 앞에서, 날 서 있던 마음은 뭉그러졌다.

식당으로 가던 길에 우리는 잠시 아랍 디저트가 있는 가게에 들렀다. 그곳에는 사라가 좋아하는 디저트가 있었다. 그녀는 점원에게 밥을 먹고 와도 그 디저트가 남아 있을지를 물었다. 그러자 점원은 "인샬라." 하고 답한다. "인샬라"라고 되받으며 나오는 사라에게 그 의미를 물었다. "신이 원한다면"이란다. 신이 원한다면 디저트가 남아 있을 것이라니. 물론 그 어떤 언어로 바뀌었을 때보다 아랍어에서의 '인샬라'는 일상적인 말이라 한다. 이런 말이 일상의 언어가 되기까지 그들의 삶에는 얼마큼의 깊이가 있었을까. 왜인지 내 마음 속에는 그 말이 아릿하게 살아남았다. 신이 원한다면, 신이 원했다면….

우리는 정신이 혼미할 정도로 위장을 채우고 한참을 널브러져 있었다. 만족스러운 기분이 몸의 끝자락으로 찬찬히 퍼져갔다. 그렇게 몽롱한 저녁이 지나고, 우리는 다시 헤어져야하는 시간에 마주 섰다. 밤이 내린 기차역엔 떠나는 이와 도착한 이가 오가고 있었고, 우리도 그중 하나여야 했다. 나는 달리 애틋하다는 말을 표현할 방법을 몰라, 그녀를 지그시 안았다. 우리는, "그리울 거야." 같은 말들을 우리 사이의 허공에 띄웠다. 그리고 나는 충분할 수 없을, 고맙다는 말을 전했다. 헤어짐에 충분한 게 어디 있을까.

어슴푸레한 빛 아래, 기차를 타러 계단을 내려가는 그녀의 뒷모습을 잠시 바라보았다. 지금 이 순간, 이 애틋한 사람과 감정이 내가 계속 여행할 이유가 아닐까. 신이 원한다면, 많은 것을 잃어버리고서라도.

'in shā' Allāh.'

딸기 먹는
야콥

아직 동이 트지 않은 새벽 네 시 이십 분, 프랑크푸르트Frankfurt
에 도착했다. 숙박에 쓸 돈이 없어 밤을 넘어오는 버스를 탔
다. 대중교통에서 멀미처럼 숙면을 하기에 야간버스는 값싼
이동식 숙소일 수 있었다. 다만, 프랑크푸르트를 오는 데 다
섯 번을 정차할 줄도, 프랑크푸르트가 종착역이 아닌 경유지
중 하나인 줄도 몰랐다. 버스의 흔들림이 멈추고 차가운 밤공
기가 버스 깊숙이 들어와 내 코끝에 닿을 때마다 나는 화들짝
놀라며 창밖의 어둠을 보고 어디쯤인지를 유추해야 했다.

　그렇게 어설픈 잠에서 순간적인 각성 상태에 이르기만을 반
복하다 간신히 새벽 한기 속으로 나오자, 몸이 파르르 떨렸
다. 선잠이 남긴 것은 추위에 대한 내성 저하뿐이었다. 머리
는 아직 하차했음을 인지하지 못했는지, 저 혼자 긴장을 늦추
지 않고 있었다. 웅장한 프랑크푸르트 중앙역으로 들어갔다.

그 큰 규모는 사람만큼이나 한기도 많이 품을 수 있어, 추위가 그득했다. 졸음을 한껏 짊어지고 있었지만, 빛바랜 이성이 이 안에서의 잠은 위험하다고 미약하게나마 알렸다. 구석구석에 한껏 웅크려 조그마한 덩어리가 된 이들이 위태로운 잠을 청하고 있었다. 나는 훔칠 만한 것들을 이미 도둑맞았기에 잃을 것은 이 몸뚱이뿐이지만, 정말 이 마지막 것마저 잃을지도 모르는 일이라 생각했다.

역 안에서 유일하게 온기 비슷한 것을 뽐고 있는 곳은 맥도날드였다. 정말 언제 어디서나 만날 수 있는 그 누런빛은 이제 익숙함이 과하면 친해질 수 없음을 느끼게 한다. 하지만 추위 앞에서 친하고 말고를 따지는 것은 사치였다. 가게 안에는 적당한 훈기가 감돌았다. 그들의 음식은 먹지 않기로 했지만, 그 값싼 온기와 와이파이는 갈 바를 잃었을 때마다 기댈 곳이 되곤 했다. 프랜차이즈 공간의 장점은 기계적인 시스템 덕분에 사람에 대한 관심이 별로 없으며, 그렇기에 소비를 하지 않고도 구석에서 공간과 동화된 척 숨어 있을 수 있다는 점이었다. 이른 시간임에도 사람들이 썩 많이 자리하고 있었다. 아마 그들도 추위를 피할 곳이 없어 이리로 삼삼오오 모여든 듯했다. 나는 적당한 자리를 찾아 공간과 동화될 준비를 했다.

여행을 다시 시작하기 위해서는 이곳 프랑크푸르트에 와야 했다. 마음을 먹기도, 떠나기도 쉽지 않았던 이 여행길을 도둑질 한 번 때문에 되돌아가기는 무서웠다. 떠나올 때 품었던 고민들을 이렇듯 엉성하게 고민인 채로 들고 돌아가는 것이, 이 엉성한 끝맺음이 나를 영영 다시 떠나지 않게 만들지도 모른다는 것이 무서웠다. 무엇보다도, 생각해 두었던 것이 없기에 흐르는 대로 예까지 왔지만, 도둑에게 이 여행의 에필로그를 맡기고 싶지는 않았다.

그러려면 카드가 필요했다. 엄마는 그 사건이 이제 그만 집으로 돌아오라는 얘기가 아니겠냐 말하면서도 카드를 전해 줄 방법을 강구했다. 그중 선택된 것이 프랑크푸르트 접선이었다. 마침 부친의 친구 김 아저씨께서 오늘 업무차 프랑크푸르트에 오시니 그 편으로 내가 카드를 전해 받는 것. 구석에서 맥도날드의 1시간 와이파이를 잡았다. 그간 인터넷이 되지 않아, '오늘, 프랑크푸르트' 외의 정확한 약속 시간과 장소를 몰랐다.

그제야 받은 연락, 'Batzenhaus에서 저녁 6시.' 지극히 평범한 그 문구를 보고야 나의 계산이 잘못되었음을 느꼈다. 베를린에서 정 선생님이 빌려주신 고물 핸드폰과 노잣돈으로 여기까지 올 수 있었다. 다만, 나는 프랑크푸르트에 도착만 하면 된다고 생각했다. 마치 프랑크푸르트가, 그곳에 도착만 하면 상대를 만날 수 있는 작은 식당이라도 되는 것처럼. 새벽 5시, 내게는 지금 4유로밖에 남아 있지 않았다. 이제 4유로를 가지고 두 끼를 먹고 북서쪽으로 16㎞ 떨어진 곳까지 가야 했다. 달리 방도가 생각나지 않아, 공허하게 약속을 재차 확인하는 메일을 보냈다.

그때 머리가 벗겨진 키 작은 남자가 덩치가 큰 남자 둘과 함께 내 앞에 나타나서는 "아무것도 안 시키고 앉아 있으면 안돼."라고 말했다. 그 눈빛에는 약간의 경멸과 짜증, 그리고 새벽의 피로가 뒤섞여 있었다. 그들의 등에는 'Security'라 적혀 있었다. 이 프렌차이즈 식당의 이익을 '지키는' 이들인 듯했다. 삼인방은 바깥문을 열어 어두운 한기를 불러들였다. 이곳은 마냥 따뜻한 곳이 아니라는 듯이. 바깥에선 이제야 뜨는 해가 어슴푸레 한기를 밝히고 있었다.

◇ ◇ ◇

이들은 나의 설움을 배려해 줄 필요가 없었고, 나는 아직 한 시간짜리 와이파이와 춥지는 않게 있을 곳이 필요했다. 카운터 앞에 서서 나는 되도록 싸게 정당성을 사고자 했다. 커피 99센트. 그렇다면 커피에 들어가는 우유가 가장 싸겠다 싶어 주문했다. 조그마한 종이컵에 허연 우유가 제 온기를 지그시 뱉으며 나왔다. 그리고 점원이 요구한 값은 1.59유로. 우유의 흐느적거리는 김과 함께 비릿한 냄새가 올라왔다. "어떻게 커피가 99센트인데…." 하는 자조적 물음으로 이미 식어 가는 우유를 무를 수는 없었다. 지금 가진 재산의 4할짜리 우유였다. 너무 데워 비려진 탓인지, 4할의 묵직함 탓인지, 채 반도 마실 수 없었다. 오늘만 지나면 우유 한 잔 정도는 당당하게 마시리라.

우유가 미지근하다 못해 눅눅하게 느껴질 즈음 와이파이도 끊겼다. 김 아저씨로부터의 답장을 기다리는 건 공연한 일임을 알고 있었다. 어느 상공인가를 날고 있을 그에게 지상의 사연이 언제 닿을 수 있을지는 모를 일이니까. 남은 돈을 우유 옆에 꺼내 보았다. 개수로도 크기로도 보잘것없지만, 그게 오늘 하루의 가격이었다. 2유로 41센트. 심지어 개중 1유로는 도둑이 내 바지 주머니를 털어가다 흘리고 간 동전이었다. 정 선생님이 그런 건 행운의 돈이니 간직하고 있으면 언젠가 돈이 들어올 거라 하여 아끼던 1유로였다. 지금의 내가 행운을 배려할 수 있을까.

Security 삼인방은 여전히 식탁들을 노려보며 다녔지만, 바깥의 빛이 들어차면서 그들의 검은 옷이 아까만큼 흉악해 보이진 않았다. 비릿한 우유는 그들로부터 내 식탁을 오롯이 보호함으로써 그나마 제값을 하고 있었다. 하나, 마냥 이곳에 앉아 있을 수는 없었다. 한때 무력증을 겪던 나의 위장은 꼭 이럴 때는 눈치 없이 꾸르륵거렸다. 엊저녁 끼니가 추운 밤 진저리에 다 소진된 모양이다. 무력해도, 활발해도 문제가 되니 이 또한 적당하기가 어려운 것이리라. 일단 이 적당하지 못해 슬픈 장기를 달래기 위해 동전들을 챙겨 일어났다.

이 자잘한 동전들에 의미를 더해줄 수 있는 곳은 대형마트

뿐이었다. 베를린까지 나는 끼니를 때우기 위한 비상식량들을 넣어 두는 대형비닐봉지를 들고 다녔다. 이를 본 정 선생님은 민망해서 같이 못 다니겠다는 핑계를 대시며 갈색 천가방을 사 주셨고, 그것은 나의 비상식량 가방이 되었다. 지금 비상식량 가방에는 땅콩버터와 시리얼만 남아 있었다. 저만으로는 부질없는 이 부재료들을 음식의 형상으로 만들어 줄 작은 빵 하나와 200㎖ 우유 한 팩을 사기로 했다. 97센트로 두 끼를 만들 수 있는 최선이길 바라며. 사실 무엇인들 새벽의 비릿한 맥도날드 우유보다는 나을 것이라는 게 그나마 위안이었다.

◇ ◇ ◇

　스카이라인 플라자에 자리를 잡았다. 들어 본 적도 없는 곳이었다. 맥도날드에 앉아 하릴없이 구글 지도를 뒤적이다 찾은 건물이었다. 이름으로 보나 크기로 보나 백화점일 듯했다. 새로운 와이파이와 온기가 있으면서도 눈을 부라리는 이들은 없을 곳. 백화점은 이제 막 하루를 시작하고 있었다. 나의 행색이 그곳에 썩 어울리진 않지만, 당당하기만 하면 나도 손님으로 볼 것이었다. 빈 의자에 앉아 아침을 꺼냈다. 손바닥만한 빵과 땅콩버터. 초록 플라스틱 숟가락 하나. 뮌헨에서 숟가락을 한참 찾아 헤맨 이후부터는 항상 숟가락 하나를 가지고 다녔다. 지금 같은 백화점 한가운데서의 만찬이 언제 찾아

올지 모르니.

풍족하진 않아도 흡족한 식사였다. 혀를 찐득하게 휘감는 땅콩버터는 항상 든든한 음식을 먹은 느낌을 가장하기 좋았다. 이걸 먹고도 허기가 지면 안 된다고 말하는 것 같은 감촉. 어차피 밥은 먹어야 한다며, 이 버터의 감촉을 보라며 해야 할 생각을 슬쩍 미룬다. 그리고 입안의 버터가 고갈될 즈음, 미루었던 문제를 되새김질하기 시작했다. 2유로가 안 되는 돈으로 16㎞를 어떻게 갈 것인가. 중앙역에서 S-bahn(독일 지하철의 일종)을 타면 환승 없이 50분 만에 도착할 수 있는 곳이었다. 다만 표를 살 돈이 턱없이 모자랐다.

독일 열차는 오를 때까지 표를 검사하지 않는다. 실상 열차에 타서도 검표원을 만나지 않을 수도 있다. 뮌헨에 있을 때 나를 하루 재워 주었던 카우치서퍼 마커스Markus는 뮌헨 지하철을 타면서 표를 산 적이 없다고 했다. 검표원을 잘 만나지도 않을뿐더러, 오랜만에 검표원을 만나서 벌금을 내더라도 그게 더 이득이라며. 즉 무임승차가 쉬운 편이다.

다만, 문제는 무임승차를 성공할지가 아니었다. 베를린에서 모든 것을 도둑맞고 화가 났던 가장 큰 이유는 그가 돈을 위해 신뢰를 해했다는 것이었다. 그런데 분노는 외려 나를 가두는 일이 되었다. 분노하기 위해선 나 스스로를 죄어야 했다. 이 분노의 유일한 정당성은 '내가 돈을 위해 신뢰를 이용하지 않는다는 것'이니까. 그에게 분노하고자 나에게 하지 말아야만 하는 일이 생겼다. 이것은 단순한 무임승차 벌금과는 그 무게가 달랐다.

마음 한구석은 이건 경우가 다르다며 은근하게 충동질을 했다. 나의 처지가, 지금 내 상황이, 어쩔 수 없어서…. 그러나 이는 모두 나의 기준들이었다. 나의 원칙을 어길 기준마저 나에게만 있으니 쉬이 선택할 수 없었다. 누군가 괜찮다 말해 주었다면, 어느 법의 예외조항에라도 도둑을 맞은 자는 무임승차를 허한다는 조항이 있었다면 쉬이 선택할 수 있었을까. 나와 나의 팽팽한 긴장 속에 문득 오늘의 의미가 개입했다. 오늘은 도둑질로 잃은 것들을 찾아가는 시작이지 않던가. 아무래도 오늘은, 아직은 조금 더, 분노하기로 한다. 걸어가기로 했다.

◇ ◇ ◇

이 백화점을 나가면 인터넷도 끊길 것이었다. 걸어가겠다는 포부와 16㎞라는 현실의 간극을 좁혀 보고자 지도를 늘이고 줄이기를 반복했다. 그때, 땅콩버터가 위장의 어딘가를 뚫고 들어가기 시작했다. 녀석은 나의 지금을 비웃듯 간헐적으로 쿡쿡거렸다. 산란하던 모든 정신이 위장의 한 점으로 모였다. 오랜 정신 수양도 이런 복통만큼 나를 오롯이 집중시키진 못할 것이다. 40리 길에 앞서 내 안의 근심을 비우는 것은 어쨌거나 필요한 과정이었다. 그래도 백화점이라 다행이다.

화장실 앞에 섰다. 입구를 망연히 바라보았다. 아무리 유럽이라지만 백화점 화장실 앞에 개표구가 있을 줄 몰랐던 것은 나의 지나친 낙관이었다. 걸어오며 첫 번째 위기는 넘겼지만, 무시하고 길을 나설 수는 없는 노릇이었다. 잘 들여다보면 화장실 들어갈 방법쯤은 알 수 있지 않을까. 다섯 발자국 정도 떨어진 곳에 서서 사람들이 화장실에 들고나는 모습을 관찰했다. 개표구는 돈을 넣으면 한 명씩 들여보내 주는 기계였다. 동전을 넣으면 쿠폰 같은 것이 나오고, 사람들은 그걸 뽑으며 들어갔다. 기계에는 동전을 넣는 곳과 쿠폰이 나오는 곳, 그리고 납작한 종이나 쿠폰을 넣을 수 있는 곳이 있었다.

화장실을 관리하는 듯한, 큰 체구의 여성이 청소 카트를 끌며 화장실에서 나왔다. 그녀는, 커다란 배낭을 메고 백화점에 어울리지 않는 행색으로 애매한 거리에서 화장실을 응시하는 나를 이상하게 여기는 듯했다. 카트는 지나가는데 그녀의 시선은 나에게 남아, 그녀의 목이 이상하게 돌아갔다. 어차피 이제 1유로 44센트로 할 수 있는 건 없다. 화장실은 50센트. 가장 필요한 소비가 가장 아까운 것은 아이러니라 할 만했다.

관찰 결과, 내가 들어갈 수 있는 유일한 가능성은 사람들이 돈을 내면 나오는 쿠폰이었다. 모두가 그 쿠폰을 뽑고 들어갔다. 그 쿠폰을 도로 기계에 넣으면 한 번 더 화장실을 이용할 수 있지 않을까. 배에서는 두 번째 분탕질이 시작되었다. 쿠폰을 기다렸다. 누군가 그 작은 종이를 무심히 지나치길 기다렸다. 마침내 한 남자가 쿠폰을 내버려 둔 채 화장실로 들어갔다. 성큼 걸어가 쿠폰을 뽑아 기계에 도로 넣었다.

나갈 날이 가까워졌음을 느낀 배 속의 것들이 날뛰었으나 기계는 쿠폰을 먹지도 나의 입장을 허하지도 않았다. 그제야 쿠폰을 보니 '백화점 50센트 할인'이라 적혀 있었다. 나를 수상하게 보던 관리인이 내 뒤에 나타났다. 그녀의 눈빛이 "역시"라 말하고 있을 것 같았다. 나는 뭔가를 몰래 하다 걸린 어린아이가 되어 황황히 동전을 꺼냈다. 찰그랑. 기계는 거스름돈 한 닢과 부질없는 쿠폰을 한 장 뱉어 주었다. 내 행운의 1달러였다.

◇ ◇ ◇

나오기 쉽지 않은 화장실이었다. 손을 씻고, 오늘의 첫 세수를 하고, 숟가락을 닦아 새 휴지에 쌌다. 그리고 나오면서 쿠폰 두 장을 버렸다. 의외로 이제 1유로도 없음이 주는 안정감이 있었다. 어릴 적 나는 수영장에서 배영을 할 때마다 걱정을 하곤 했다. 내가 언제쯤 벽에 닿을지 모른다는 불안. 종종 손 대신 머리로 벽을 만나면 불안은 커졌다. 그러다 보니 언젠가부터 수영장 천장을 보면서, 다 와 갈 즈음이 되면 몸은 뭉그적거렸다. 천천히 가다가 손으로 벽을 만지면 그제야 안도했다. 언제 끝에 부딪힐지 모르면 우린 망설인다. 딱 지금, 뒷

걸음질을 치다 머리를 박지 않고 벽에 손이 닿은 느낌이 들었다. 이제 아무것도 남지 않았으니 홀가분하게 출발할 수 있을 것 같은 느낌.

길은 먼데, 지도가 없으니 의존할 것은 하나였다. 감感. 비록 알량할지라도 방향감을 믿으면 그곳까지 걸어서 도착할 수 있으리라. 건물의 문 앞에 나와 마지막으로 구글 지도를 틀고 가야 할 방향을 보았다. 정면과 오른쪽 사이, 정면에 조금 더 가까운 방향으로 쭉 가면 목적지에 도착할 수 있다. 조금 원시적일 뿐, 틀릴 것은 없었다. 더 이상 쓸모가 없을 핸드폰을 집어넣고, 가방을 단단히 메고 걷기 시작한다. 북서쪽으로.

그러기를 네 시간, 뜬금없이 만난 공원 벤치에 널브러졌다. 텅 빈 공원 가운데, 하루 동안 말 한마디도 채 하지 않은 나를 태양이 덩그러니 비췄다. 『이방인』의 한 장면을 닮은 듯했다. 화창한 적막이 주는 기시감 같은 것이리라. 다만 나는 총 대신 숟가락 하나와 우유를 들었다. 얼마 남지 않은 시리얼은 설탕이 반이었다. 과한 설탕도 떨어진 당을 올리는 데 도움이 될 것 같아 모두 우유팩에 부어서 말없이 씹어 먹었다. 화창함 아래 조용히 점심을 먹고, 숟가락을 버렸다. 다음 숟가락까지 갈 수 있을 것이라 믿으며.

◇ ◇ ◇

결국 길을 잃었다. 잘 걷고 있던 인도가 먼저 사라졌고, 다음으로는 그나마 지표가 되던 지명이 이정표에서 사라졌다. 불합리한 도시의 발전이라 불평했다. 도시에는 점점 사람이 걸을 길은 사라지고 차도만 남는다. 사람의 길이 줄어드는 것이 어떻게 사람을 위한 일일 수 있을까. 이런 푸념 섞인 생각들이 나의 당황스러움을 대변했다. 걸어온 지도 한참이었다. 아직 해는 높이 있었지만, 그 해가 주홍빛으로 세상을 물들일 즈음이 되면 오늘은 낯설기보단 무서울 듯했다.

　인도가 사라져서 풀 위를 걷다가 길을 건너 반대쪽에 있던 울타리를 넘었다. 공원이었다. 한 가족이 한가로이 뛰어놀고 있었다. 내 눈은 단란함보다 유독 그들이 피워 둔 연기의 잿빛에 주목했고, 그 잿빛은 갑작스레 길과 지표가 사라진 이 미지의 장소에 음산함을 더했다. 솔직히 많이 지쳐 있었다. 배낭에 짓눌린 어깨를 달래던 발걸음도 더 이상 경쾌하지 못했다. 반나절의 노력으로 길을 잃었으니. 짜증이 올라왔고, 짜증은 훌륭한 합리화의 계기가 되었다. '이 정도 했으면 됐다.' 출발할 때와 마찬가지로 모두 내 기준일 뿐이었지만, 이제는 무임승차를 택해야겠다 싶었다.

　나는 그저 무임승차를 정당화하기 위해 반나절의 발악을 한 셈이었다. 그리고 지금의 스트레스는 이 모든 것을 윤허했다. 가장 가까운 S-bahn역을 물어보기 시작했다. 자전거를 타는 남자에게 이를 묻자, 뜻밖에도 그는 이곳에 새로 와서 이곳이 어딘지 잘 모른다 했다. 조금 더 걸어가자 길가에 딸기를 파는 상점이 하나 있었다. 그곳의 점원에게 묻자 그녀 역시 여기 출신이 아니라서 모른단다. 내가 도대체 어디에 왔기에 아무도 이곳을 모를까. 표정마저 길을 잃은 나에게 그녀는 옆 꽃집에 물어보라 한다.

꽃집 남자는 드디어 이곳을 아는 사람 같았다. 다만 그는 영어를 몰랐다. 내가 어설프게 익힌 독일어로 할 수 있는 것은 S-bahn역이 어디에 있는지를 묻는 것까지였다. 그는 독일어로, 나는 영어로 얘기했다. 알아들을 수 있는 말은 S-bahn과 Bus밖에 없었지만, 그는 가게에서 나오기까지 하며 손짓과 표정을 섞어 나에게 설명해 주었다. 그의 말과 몸짓들은 S-bahn 역은 주변에 없고 내가 가던 길을 따라가면 버스정류장이 나올 것이라 했다. 버스로는 가는 방법을 모를뿐더러, 버스를 무임승차할 수 있는지도 몰랐다. 뭔가를 더 물어야 했으나, 무엇을 어떻게 물어야 할지를 몰라 고맙다는 말을 남기고 꽃집 옆에 섰다.

핸드폰은 이유 없이 꺼져 있었다. 자그마한 화면 속의 내가 나를 허탈하게 바라보고 있었다. 더 갈 것인가, 왔던 길을 다 돌아갈 것인가. 시간도 알 수 없는 마당에 떨어지는 해를 보며 모험을 더 할 것인가. 어두워져 길을 잃는다면 길을 물을 꽃집이 있을까. 우선은 내가 어디쯤 온 것인지, 지금이 몇 시인지를 묻기로 했다. 다시 나타난 내 모습에 남자는 벌떡 일어났다가, 나임을 알고는 다시 앉았다. 그는 핸드폰으로 3시가 넘었음을 보여 주었다. 여기가 중앙역의 북쪽인지를 묻는 물음에는 내가 여태껏 걸어온 길을 가리키며 쭉 가면 중앙역이 있다는 말만 반복했다.

모든 게 원점에 있었음에도 나는 너무 멀리 걸어왔나 보다. 아무도 이곳을 잘 모르지만, 꽃과 딸기를 파는 이 이상한 장소에서 나는 현실로 돌아 걷기로 했다. 마지막 인사를 하고 딸기 가게를 향해 돌아갈 때, 내 쪽으로 걸어오던 한 남자가 방금 산 딸기를 씹으며 말한다.

"내가 널 태워 줄 수 있는데?"

◇ ◇ ◇

당황해서 그를 멍청하게 쳐다보는 나를 그도 딸기를 먹으며 마주 보았다. 잠시 후 나는 "S-bahn역으로?"라고 물으며 목적지에 가까운 역인 'Bad Soden바드소덴'을 적어 둔 종이를 보여 주었다. 그는 그게 어딘지는 모르겠고, Strassen bahn까지는 태워 주겠다 한다. 그게 뭔지는 몰랐지만, 이곳을 벗어나게 해 줄 무엇임은 분명해 보였다.

바로 옆에 그의 조그마한 파란 차가 세워져 있었다. 얼떨떨해하는 내게 잠깐 기다리라며 그는 2인승 차의 조수석에 앉아 있던 내 상체만 한 통나무를 트렁크로 옮겼다. 그렇게 나는 이상한 나라로 나를 데리러 온, 딸기 먹는 야콥의 차에 올랐다. 그는 나무꾼이었다. 이제 막 오늘의 나무 자르는 일을 마치고 딸기가 먹고 싶어 우연히 멈추었다 한다. 나는 베를린에서 이곳에 이르기까지를 얘기했다.

얘기를 듣던 야콥은 내게 배가 고픈지를 묻더니, 배가 고프면 딸기를 집어 먹으라 한다. 그러고는 대뜸 "내가 네 기차표를 사 줄 수 있어."라고 말했다. 가진 게 없는 상황에서는 괜찮다는 말도 쉬이 나오지 않았다. "고맙지만 괜찮다"는 말 대신, "아… 정말?" 하며 어찌할 바를 몰라 그를 쳐다볼 뿐이었다. 이에 그는 "Why not?안 될 게 뭐 있어?"이라 되묻는다. 'Why not'이라는 표현이 이렇게 울렁거리는 말이었던가. 그는 태연히 작은 빨강을 오물거리며 누구든 나의 이야기를 들었다면 내게 표를 사 주었을 거라 말한다.

Strassen bahn은 트램(지상전차)이었다. 근처에 주차를 하고 트램역으로 함께 걸어갔다. 지금을 기억하기 위해선 하나쯤 먹어야 할 것 같아 딸기를 먹었다. 그는 바드소덴까지 가는 4.65유로짜리 표를 샀다. 이 상황에서 망설임이 그가 아닌 나에게만 끼어 있다는 게 이상했다. 표를 사고는 그가 담배를 들었고, 내가 불을 붙여 주었다. 떠나는 내게 길에서 얼어 죽지 말라며 정 선생님이 쥐여 준 라이터가 불을 밝히기에 알맞은 순간이다 싶었다. 그 담배 한 개비가 우리의 시간이었다.

내가 그에게 오늘 저녁에는 무얼 하는지를 물었고, 그는 이제 집에 가면 비디오 게임을 할 거라며 웃었다. 그의 천진함에는 어떠한 '심리'도 없었다. 먹고 싶어 딸기를 먹고, 하고 싶어 게임을 하듯 쉬이 도움을 건네는 사람. 그는 지극히 평범해서, 당연하지 않은 것도 평범하게 할 수 있는 사람이었다. 나는 스치는 연도 붙잡고 싶어 하는 사람이지만, 문득 우리는 친해지지 않아도 충분할 것 같았다. 그는 내게 일말의 특별한 부담도 지우지 않았고, 나는 그저 언젠가 누군가에게 '딸기 먹는 야콥'이 되어 주면 될, 우리는 그런 만남이었다.

함께할 시간을 다 피웠을 즈음, 트램이 도착했다. 우리는 처음이자 마지막일 포옹을 했다. 나는 진심으로 고맙다는 말을, 그는 즐겁게 여행하라는 말을 서로에게 남겼고, 트램이 출발했다. 멍하니 창밖을 바라보니, 트램은 내가 오늘 하루 내내 걸어온 길들을 그대로 되돌아가고 있었다. 그제야 생각한다. 내가 이 한 사람을 만나기 위해 하루를 걸었구나.

그렇게 다시 중앙역으로 돌아와, 야콥이 쥐여 준 티켓을 들고 S-bahn에 올랐다. 열차는 조용했고, 검표원은 없었다. 미끄러지듯이 바드소덴에 도착한 열차에서 내려 약속 장소로 걸어가는 길, 해가 기울어 하늘이 물들고 있었다. 문득 하루가 울렁거렸다.

아, 낯선 노을이다.

사과 한 알과
케이크 반 조각

오늘은 아침을 두 번 먹었다. 이틀간은 휴식이었다. 김 아저씨의 보살핌 아래 나의 모든 시간이 느즈러졌다. 오랜만에 목욕물의 따스함에 집중했고, 침대의 바스락거림에 몸을 맡겼고, 어느 때보다 푸지게 먹었다. 이런 시기엔 사람이 되새김질을 하지 못한다는 것이 섭섭하곤 하다. 그래도 오늘은 다시길을 나서는 만큼 이른 아침과 늦은 아침을 모두 먹고, 사과두 개와 잼 몇 개를 챙겼다. 이 조막만 한 것들이 있고 없고의 차이가 작지 않다는 것이 짧은 배낭길의 가르침이었다.

다른 업무를 위해 먼저 떠나는 김 아저씨께 감사를 전했다. 겸사겸사 하는 일이라도 그 마음 씀이 작을 리는 없다. 따스한 말 한마디, 푸근한 미소, 잠깐의 악수 이 모든 것이 결국 마음을 건네는 일이니. 조그마한 카드 하나를 받으러 왔다가 마음을 한 아름 안고 가는 이틀이다. 너부러진 시간들을 다시 주섬 주섬 싸맸다. 평범한 하루들 속에서도 시차 적응을 요하게 되는 것이 휴식의 단점이라면 단점이었다. 이제 다시 나의 시간을 들고 어딘가로 가야 했다.

어디로든 갈 수 있는 프랑크푸르트에서는 어디로 가는 것도 저렴하지 않았다. 카드가 다시 생겼다지만, 없어진 돈이 돌아오진 않았다. 잘 아껴 왔지만, 이제는 잘해 오던 것보다 더 잘해야 했다. 도둑질을 당한 것도 나지만, 허리띠를 졸라매야 하는 것도 나니까. 나의 결정에는 전보다 망설임이 배어 있었다. 어떻게 하면 버겁지 않게 떠날 수 있을까, 문득 히치하이킹을 생각했다.

탐페레에서 헬싱키로 돌아가는 버스를 놓쳤을 때도 히치하이킹을 생각했었다. 행복버스와 도통 연이 닿지 않음에 공연히 화가 나서, 버스 없이 헬싱키로 가겠다는 치기가 일었다. 대뜸 대형마트로 가서 히치하이킹을 위해 종이를 챙겼다. 다만 치기는 무얼 더 해야 하는지를 몰랐다. 결국 그날은 대형마트의 주차장 출구만 한참을 응시하다 버스 정류장으로 돌아와 다음 버스를 예매했다. 그때 챙긴 갱지는 돌돌 말려 여전히 미련처럼 가방 한구석에 달려 있다. 지금은 할 수 있지 않을까. 궁핍을 핑계로, 도전을 구실로 나를 불안 속으로 밀어 넣어 보기로 한다.

◇ ◇ ◇

고속도로를 향해 걷기 시작했다. 아는 것은 '고속도로와 엄지손가락'뿐이었다. 간밤에 찾아본 유튜브Youtube 영상 속 '히치하이킹 팁'들의 공통점도 결국 고속도로와 엄지손가락이었다. 그 영상들 속 여행자들의 충만한 자신감은 나의 부족한 자신감을 좀먹었다. 배낭을 멨으니 한 번쯤 히치하이킹을 해 보고 싶다는 마음은 그 일의 불가능성 위에 핀 민들레 같은 거였다. 그 상상 같던 일이 가능해질지도 모른다는 바람이 들자, 그 마음은 쉬 흩어져 버리고 줄기만 앙상히 남았다.

유난히 가다 서기를 반복했다. 비단 고속도로까지 걸어야 하는 길이 6㎞여서만은 아니었다. 상상이 현실로 들어올 때의 진통이 간헐적으로 내 발을 멈춰 세웠다. 걸음에 자신이 없는 건 아니었지만, 원래 히치하이킹을 할 때 고속도로까지 걸어가는 건지도 알 수 없는 노릇이었다. 그래도 숙소를 나오는 길에 혹시 필요할지 모를 박스 테이프를 빌리고, 걷다가 만난 부서진 건물 쓰레기장에서 목적지를 적을 박스를 주웠다. 배낭에 미련처럼 달려 있던 갱지를 꺼내, 'Luxembourg룩셈부르크'를 적었다. 그 삐뚤빼뚤한 글자들을 배낭 뒤에 붙이고는 혹 지나가던 누군가 이를 보고 멈추지 않을까 요행을 바라기도 했다. 이 모든 행위들은 나를 거듭 내모는 일이었다. 금방이라도 그만둘 것 같은 나에게 가야 할 이유를 쥐여 주는 일. 상상을 책임지는 일은 영 쉽지가 않다.

애써 걷던 길의 끝자락에서 인도가 사라졌다. 이놈의 도시

는 툭하면 사람 길이 사라진다고 생각을 하다, 고속도로에서
는 사라지는 게 맞는 것 같아 불평을 거두었다. 길이 아닌 가
드레일 옆 풀숲을 걸었다. 가드레일을 따라 조금만 꺾어져 오
르면 이제 고속도로였다. 거의 다 왔다는 성취감이 있어야 할
자리엔 여전히 시작의 불안함만이 발을 동동 구르고 있었다.
일단 배낭을 내렸다. 두 번 먹은 아침이 모두 사라진 배 속에
사과 하나를 채워 넣었다. 고속도로로 진입하는 차들이 가드
레일 옆에서 사과를 먹는 동양인을 쳐다보았다. 그들도 나도
이 상황을 잘 알지 못했다.

마지막 문턱을 올랐다. 룩셈부르크로 가기 위해 타야 할
A66 고속도로. 이제 가드레일을 넘어 엄지손가락만 내밀면
되는 일이어야 했다. 문득 8차선 도로를 바라보았다. 멈추면
모든 게 끝나 버리기라도 하는 것처럼 달리는 차들이 공기를
헤쳤고, 밀려난 공기는 너울이 되어 나를 밀쳤다. 차들이 이
렇게 빨랐던가. 이 거대한 급류 속에 나의 조그마한 엄지가 설
자리가 있을까. 육중한 기계들이 지나갈 때마다 나는 저리는
오금을 붙들었다. 용기가 있어 여기까지 온 게 아니었다. 용
기가 있어도 이건 아니었다. 아쉬움 같은 건 이미 너울에 바스
러져 있었고, 내면의 불안은 불가능성을 환영했다. 나는 결국
가드레일을 넘지 못했다.

◇ ◇ ◇

용기를 늘릴 자신이 없어 포기를 어렵게 만들며 왔더니 결국 가드레일 옆에 고립되었다. 나를 너무 내몰아 온 덕에 이제 와 버스를 타려 해도 돌아갈 길이 아득했다. 돌아 걷는 길의 아득함은 비단 그 거리 때문만이 아니었다. 그 역행의 걸음 걸음은 앞선 걸음들이 무용했음을 인정해 나가는 고행일 터였다. 그 비자발적 반성을 아직 감당할 자신이 없었고, 남은 선택지도 거의 없었다. 지나는 차들이 볼 수 있도록, 룩셈부르크를 적어 두었던 배낭을 가드레일 안쪽에 세웠다. 쪼그리고 앉아 박스에 룩셈부르크를 큼직하게 적었다. 돌아 걷지 못하고, 고속도로에 오르지도 못할 것이라면 그 이름마저 애매한 '진입로'에서라도 꿈틀거려 보기로 한다.

간밤에 인터넷 영상에서 배운 대로 엄지를 들고, 지나는 차창 속 완전한 타인들을 응시했다. 진입로상의 차들은 아직 점잖은 속도였고, 그 육중한 기계들과 나 사이의 철제 가드레일이 제법 든든했다. 일종의 무언극이었다. 내가 먼저 운전자들을 향해 목적지가 적힌 박스쪼가리를 들고 엄지와 표정을 선보인다. 눈이 마주치면 눈썹과 엄지를 동시에 살짝 추켜올린다. 이내 운전자들이 응수한다. 표정과 오물거리는 입모양, 이따금 손짓까지. 우리가 마주하는 3초 정도의 시간 동안 나는 그들 연기의 의미를 이해하지 못했지만, 멈추지 않았으니 아마 'No'였으리라 짐작했다.

물론 차들이 쉽게 멈출 것이라 기대하진 않았다. 하지만 왜

인지 나의 생애 첫 연기를 본 운전자들의 표정이 좋지 않아, 마음속 불안이 다시 움칫거렸다. 내가 잘하고 있는지를 몰랐기에, 무엇이 문제인지도 알 수가 없었다. 그저 이따금 지나는 누군가 웃어 주면 작은 위안을 삼을 뿐이었다. 더러 비웃음 같기도 했지만, 어차피 비웃음이냐고 물을 수도 없으니, 따뜻한 웃음이었다고 착각하면 될 일이었다.

그렇게 한참, 수많은 얼굴들이 지나갔다. 찌푸린 얼굴들이 너무 많이 쌓일 즈음, 아무래도 룩셈부르크가 너무 멀어서 다들 화가 났나 보다고 생각했다. 다시 가드레일 뒤에 쪼그리고 앉아, 룩셈부르크에 가까운 독일 도시인 'Trier트리어'를 적고 있을 때, 눈앞에 바퀴 두 개가 멈추어 섰다. 드디어 첫 차가 멈추었음에 몸과 마음이 벌떡 일어났다. 경찰이었다.

창문이 귀찮음을 가득 머금고 천천히 내려갔다. 중년의 남녀 경찰이 나를 응시하고 있었다. 호의라곤 담겨 있지 않은 그 눈총 앞에 위태로운 민들레 줄기가 파르르 떨었다. 불안을 숨기려 어설프게 인사하는 나를 보며 여자 경찰이 고개를 지그시 가로저었다. 그녀는 나를 위해 목청을 울리기도 귀찮아하는 듯했다. 나는 소심한 반항으로 "유럽에선 히치하이킹이 되는 거 아니었나요?!"라고 물었고, 그녀는 눈을 천천히 감았다가 뜨며 젓던 고개를 마저 저었다. 창문은 다시 올라갔고, 닫힌 창엔 그 고갯짓에 주눅 든 내가 보였다.

그들은 무심히 고속도로로 사라졌고, 나는 뒤로 물러서서 공허한 눈길을 하늘에 던졌다. 솔직히 경찰을 대면하고 불안에 떨면서도, 일면 조금은 안도했다. 이보다 더 어찌할 수 없는 핑계는 없을 테니. 나는 이제 불안에 시달리던 마음을 달래어 돌아가고, 오늘을 '도전은 해 본 날'로 기록할 수 있을 것이다. 어쩌면 가장 해피엔딩이라 생각했다. 다만, 다시 나를 여기까지 내몰아 오지는 못할 것이다. 어설프게 맛본 불안이 그렇다. 다 먹어 보지도 않았지만, 다시 먹어 보지는 않을 정도의 뒷맛만 남겨 막연한 거부감을 싹틔운다.

이제 막 'Trier'라고 적은 박스쪼가리가 나부꼈다. 그렇게 불안해하다가도 마지막이라는 생각 앞에 미련이 살랑거리는 게 나란 인간의 마음이었다. 딱 30분만, 새로 쓴 목적지를 들고 있어 보기로 한다. 정말 마지막으로.

◇ ◇ ◇

결국 또 경찰이 왔다. 찌푸리던 얼굴들 중 하나가, 경찰에 한 번 더 신고를 한 모양이다. 제법 젊은 남녀 경찰이었다. 이번에는 둘 다 차에서 내려 나에게 다가왔다. 아까만큼 냉랭하진 않았다. 짐짓 당당해 보이기 위해 "당신들이 나를 트리어에 데려다줄 건가요?"라고 물었다. 여자 경찰은 고개를 저었고, 남자 경찰은 내 여권을 가져가 조사했다. 문득 마음이 조금은 차분해졌다. 그들이 조사를 해 봐야 나오는 건 '베를린에서 도둑맞은 아이'뿐일 테니. 조사를 마치고 둘은 독일어로 대화했다. 서 있는 경찰차 옆으로 차들이 내리 지나갔다. 이렇듯 멈출 수 있는데 왜 멈추는 건 경찰뿐인지 알 수 없었다. 그러다 갑자기, 그들은 내게 차를 타라고 말했다. 어디로 가는지 물어도 그들은 답하지 않았다.

"저 큰일 난 건가요?"

말이 별로 없는 이들이었다. 그들이 가장 안전한 사람이겠지만, 내가 그들 뒤에서 불안해하는 것은 어쩔 수 없었다. 백미러로 둘의 눈치를 살폈다. 이따금 정적을 깨고 숫자와 장소 따위를 알리는 경찰의 무전이 울렸다. 무전을 들으면, 둘은 최소한의 말을 독어로 주고받았다. 그 오가는 말들 속에 내가 있는지 궁금했다. 문득 여자 경찰이 트리어에는 왜 가는지를 물었다. 나는 대화의 시작을 반기며 룩셈부르크까지 여행하고 있다고 대답했다. 하지만 다시 침묵이 이어졌다. 아무래도 그냥 조용히 기다려야겠다 싶었다. 지금 어디로 향하는지는 알 수 없으나, 기어이 나는 A66 고속도로를 달리고 있고, 잘못되어 봐야 가드레일 옆보다는 나을 테니.

한동안 질주하던 경찰차가 멈추었다. 경찰서가 아니었다. 그곳은 고속도로 한중간의 휴게소였다. 차에서 내렸다. 그들은 아까 서 있던 곳은 위험하니, 이곳에서 히치하이킹을 하라며 내 배낭을 다시 트렁크에서 꺼내 주었다. 긴장과 불안으로 굳어 있던 마음이 문득 몽글몽글해졌다. 무뚝뚝한 배려에는 예상치 못한 뭉클함이 함께하지 않던가. 나는 급히 식량배낭을 뒤적거렸다. 아침에 챙겨 둔 사과가 하나 남아 있었다. 경찰일지라도 어쨌든 생애 첫 히치하이킹이 된 셈이었다. 뭐라도 감사를 전하고 싶어 빨간 사과 하나를 건넸다. 차가운 가드레일을 넘게 해 준 이들이 아니던가.

그들은 그제야 웃었다. 나도 허락이라도 받은 듯 넙죽 따라 웃었다. 그렇게 사과 한 알은 그들의 얼굴에 미소를 물들였고, 경계심 너머로 나타난 그 미소는 다시 나의 마음에 빨강을 물들였다. 자신들은 됐으니 아껴 두라며, 몸조심하라는 말을 남기고 돌아서는 두 사람. 어쩌면 그들은 나를 위해 잠시 자신들의 길을 벗어났는지도 모른다. 그들이 떠나는 뒷모습을 바라보다 문득, 빨강이 코끝에 닿았다.

◇ ◇ ◇

떠나는 이들에 대한 감상은, 빠르게 지나는 차 소리에 쉬이 흩어졌다. 감동이 지나간 후에 보이는 현실. 나는 이제 진입로가 아니라 고속도로 한가운데 놓였다. 조금 전까지 나는 금방이라도 포기하고, 멀더라도 되돌아갈 수 있었다. 좋은 시도였다는 말 한마디와 함께 불안을 끝낼 수 있었던 것이다. 그러나 이제 이곳은 내 두 발로는 벗어날 수 없는 곳이다. 콧등이 시큰했던 것은 어쩌면 최후의 보루를 잃은 기분 때문이었는지도 모르겠다. 포기를 선택할 수 없으니 이제 나의 선택은 오로지 자발적 의지에 의한 것이라 할 수 없게 되었다. 히치하이킹을 하는 수밖에 없다.

그곳에는 셀프주유소가 있었다. 사람들이 차 밖으로 나와 기름을 넣고 있었다. 모두가 멈춰 있으니 차를 얻어 타기에 최적의 장소라는 건 금방 알 수 있었다. 다만, 아직 내 마음은 가드레일 너머에 있어서, 나는 그들에게 말을 걸지 못했다. 진입로에 있을 땐 가드레일과 차창이 운전자와 나 사이에 적당한 거리를 보장해 주고 있었다. 하지만 그것들이 없는 지금, 그들과 나 사이에 놓인 건 어색함뿐이었다.

휴게소 입구 앞 화단에 짐을 내렸다. 목적지를 적어 둔 박스를 들고, 불안한 시선으로 사람들을 훑었다. 이제는 무언극만으론 안 된다는 것을 느꼈다. 가까이 마주 선 사람에게 엄지를 내밀고 어깨만 들썩일 수는 없으니. 말이 필요했다. 달리는 차가 아니라 느리게 지나는 사람을 멈추려면 대화를 해야 했다. 다행히도, 박스를 들고 화단에 서 있는 동양인을 쳐다보는 사람은 많았다. 눈을 맞추고, 나는 천천히 입을 뗀다. "트리어로 가시나요?"

트리어로 가는 이들은 없었다. 그 조그만 도시의 이름을 들으면 모두 고개를 저을 뿐이었다. 혹시나 해서 룩셈부르크를

박스 뒷면에 적어 두고, 이따금 박스를 뒤집어 보였지만 마찬
가지였다. 그래도 사람들이 잠깐이나마 귀를 기울여 주고, 대
체로 내게 웃어 준다는 것을 위안 삼고 있을 즈음, 머리가 하
얗게 센 노부부와 눈이 마주쳤다. 휴게소에서 막 나오던 그들
에게 나는 트리어로 가는지를 물었고, 그들 역시 쾰른Cologne으
로 간다며 고개를 저었다. 북쪽 방향의 가장 큰 도시가 쾰른이
다 보니, 이곳에서 쉬어 가는 이들은 대부분 쾰른으로 향했다.

다만 노부부는 홀로 서 있는 내게 마음이 쓰였는지, 조금이
라도 함께 가겠느냐고 물었다. 간밤에 본 히치하이킹 영상에
서, 멈추는 차를 다 타는 건 현명한 선택이 아닐 수 있다고 말
하던 장면이 스쳤다. 하지만 기분 좋은 시작을 미루는 것 또한
현명한 건 아닐 터. 나는 노부부의 걸음을 뒤따랐다. 부부의
차는 오래된 연식의 빨강 승용차였다. 가방을 트렁크에 싣고
우리는 차에 올랐다. 사람이 탈 때마다 차는 기분이 좋다는 듯
제 몸을 가볍게 흔들며 삐걱댔다.

그리 길지 않은 동행일 테지만, 우리는 천천히 대화를 시작
했다. 운전대를 잡은 노부인은 나를 보고 문득 당신의 지난날
이 떠올랐다고 했다. 당신이 고속도로에서 히치하이킹을 하며
길을 떠나던 날들. 그녀가 살아온 삶의 절반 전쯤, 그러니까
1970, 80년대에는 유럽의 고속도로에 사람들이 줄을 서 있을
정도로 히치하이킹이 흔했다고 한다. '그 시절 젊은이'라면 한
번쯤 그 줄에 서 봤을 거라 말하며 노부부는 서로를 보고 엷게

미소 지었다. 당신들이 줄을 서 있을 적에 나는 아직 이 세상 사람도 아니었다는 나의 말에, 우리는 함께 웃었다.

어쩌면 나를 태우는 것이 그들에게는 당신들의 추억을 주워 보는 일이었는지도 모른다. 떠나는 설렘을 안고 줄 서 있던 그 오래된 시간들은 이제 부부의 얼굴 위 자잘한 굴곡들로 남아 있다. 하지만 나로 인해, 세월의 먼지 아래 희미해지던 추억이랄 것들이 잠시나마 그들의 마음속에 번졌기를. 그렇게 나의 동행이 그들의 애틋한 젊음을 꺼내어 보는 일이었기를 바랐다.

추억을 열람하는 시간은 길지 않았다. 차는 금방 다음 휴게소에 도착했다. 나의 짐을 내려 주며 노부부는 더없이 푸근한 미소로 나를 품어 주었다. 가려던 길을 버리고 횔른으로 따라가 버리고 싶은 마음이 왈칵 일었다. 나를 두고 다시 차에 타기 전, 노부인은 내 손에 은박 덩어리를 쥐여 주었다. 동생의 칠순 잔치를 다녀오는 길인데, 그곳에서 싸 온 생일케이크라며 내게 더 필요할 것 같으니, 잘 넣어 두란다. 나는 잠시 말을 잃었다. 그사이 빨간 승용차는 제법 괜찮은 만남이었다는 듯 들썩이며 멀어져 갔고, 은박지에 싸인 초코케이크에선 달큰한 향이 났다.

여섯

해적들

해가 지고 있었다. 노부부가 나를 이 휴게소에 내려 준 지도
세 시간이 지났다. 이전 휴게소에 내리고 얼마 지나지 않아 노
부부의 차를 탔기에, 나는 이 여정이 예상외로 쉬울 수도 있겠
다고 생각했었다. 처음엔 휴게소에 앉아, 만난 적 없는 어느
할머니의 칠순 케이크를 먹었다. 아마도 오늘 도착할 것 같은
룩셈부르크의 호스트들에게 카우치서핑 메시지도 몇 개 보내
었다. 그러면서 나를 태워 줄지도 모르는 사람들을 찬찬히 둘
러보는 동안에도 예감이 좋았다. 모두가 나를 태워 줄 것만 같
은 기분. 그 좋은 예감은 성공적인 첫 경험이 선사하는 착각이
라는 것을 깨닫기까지 세 시간이 걸렸다.

나는 한참을 휴게소에서 고속도로로 나가는 출구에 서있었
고, 옆으로 조금 떨어진 곳에는 트럭운전수들이 모여앉아 있
었다. 유럽에서 먼 거리를 가는 운전수들은 휴게소에서 반드

시 일정 시간을 쉬어야 했다. 그렇기에 대낮에도 휴게소마다 잠들어 있는 트럭들이 더러 보였다. 낮은 의자에 앉아 있는 그들은 종종 나를 응시하는 듯했다. 그들의 시선은 나를 불안케 했다. 저 동양인이 과연 이곳을 떠날 수 있을지 내기라도 하고 있는지도 모를 일이었다. 멀리서 둥그렇게 모여 이따금 허연 이를 드러내며 웃는 그들을 보고 나는 괜스레 먹잇감이 죽기를 기다리는 까마귀들을 떠올렸다. 불길한 원을 허공에 빙빙 그려 대는 검은 그림자들.

불안을 불식하기 위해 억지로 그들에게 다가가 보기도 했다. 나를 룩셈부르크까지 태워 줄 수 있는지 물어보지만, 그들은 의뭉스럽게 웃거나 "우리는 여기서 자."라고 짧게 답할 뿐이었다. 그들이 좋은 사람일 거라고 거듭 생각해 보지만, 나를 응시하는 그들이 계속 신경 쓰이는 것은 어찌할 수 없었다. 그렇게 해가 기울도록 그들의 시선은 나를 맴돌았고 나는 그곳을 떠나지 못했다.

길 위에서 해를 잃어버릴지도 모른다는 사실이 무서웠다. 어둠이 내려앉는다면 나는 어딘가에 숨어 밤을 지새우거나 어느 트럭의 문이라도 두드려야 할 터였다. 세 시간을 서 있던 자동차 출구를 버리기로 했다. 아무래도 초심자의 행운을 맛보고는 너무 안일했다. 휴게소 건물의 입구 쪽으로 이동했다. 더 어두워진다면 박스쪼가리를 들고 있는 낯선 이에게 자리를 내어 줄 사람이 없을 테니 서둘러야 했다. 어둠 속에서는 나를 어디로 데려가는지 알 수 없다는 것도 문제였다.

서둘러 사람들에게 말을 걸기 시작했다. 그들은 번번이 고개를 저으며 어스름 속으로 멀어졌다. 그렇게 갈 곳 없어지는 눈을 다급히 굴리던 그때, 휴게소에서 나오는 남자와 눈이 마주쳤다. 재빨리 트리어로 가냐고 묻는 나의 목소리를 지나가는 트럭이 흩쳐 버렸다. 그리고 트럭이 눈앞에서 사라지자 그가 내게로 달려오고 있는 모습이 보였다. 세 시간짜리 지루한 영화의 극적인 엔딩 같은 그 장면에는 슬로모션과 감동적인 배경음악이 깔리는 듯했다. 나를 어디로든 데려다줄 것 같은 사람. 그의 이름은 메테스Metes였다.

◇ ◇ ◇

현실은 영화가 아닌지라, 그도 트리어로 가지는 않았다. 다만 그는 "미안"이라는 단어 하나만 남기고 떠나지도 않았다. 노부부가 내려 준 이곳은 트리어와 룩셈부르크가 있는 서쪽으로 꺾기 직전의 휴게소로, 그리로 향하는 사람은 웬만해선 이곳에 멈추지 않을 거라고 그가 말했다. 노부부는 가능한 멀리 데려다주고 싶은 따뜻한 마음으로 나를 이곳에 내려 주었을 것이다. 다만 선의가 모두 좋은 결과로 이어지진 않는다 싶었다.

메테스는 갈빛 수염을 매만졌고, 해는 저물고 있었고, 나는 초조했다. 그사이 그와 함께 쾰른으로 돌아가고 있는 다섯 친구들이 하나둘 모였다. 패트리샤Patricia, 앨리스Alice, 수지Suzy, 다니엘Daniel, 마커스Markus까지. 우리는 휴게소 주차장 한가운데에 엉성한 물음표를 그렸다. 이 대책 없는 동양인을 어떻게할 것인가. 그리고 오래지 않아 나는 일단 그들의 커다란 밴에올랐다.

밴 안에는 알코올과 기름 냄새가 찐득하게 뒤엉켜 있었다. 몇 번의 가벼운 호흡만으로도 몽롱해지는 듯했다. 낯선 동행에는 나쁠 것 없는 기분이었다. 여섯 명의 친구들은 독일 남쪽 끝 호수로 여행을 다녀오는 길이었다. 호수에서 뗏목을 만들고 그 위에 작은 집을 지어 올리고, 그들만의 선상 연회를 며칠 밤 즐겼다. 그렇게 잠깐, 그들은 아무도 없는 호수의 '해적들'이었다고 했다. 그제야 밴 뒤쪽을 가득 채운 커다란 드럼통과 호수를 머금은 통나무들을 보았다. 어쩌다 보니 해적선의 귀항길을 함께하게 된 셈이었다.

알코올 냄새는 발밑에서 꾸덕하게 올라오고 있었다. 밴 정중앙에 앉은 나의 가랑이 사이에 궤짝이 하나 있었고, 그곳에 빈 술병들이 난잡하게 가득 차 있었다. 럼주와 맥주, 보드카, 그 누구의 가슴이든 뛰게 만들 수 있었을 해적의 음료들. 옆에서 빨대로 럼주 섞은 콜라를 마시던 다니엘이 내게도 그것을 권했다. 연회는 육지에서도 끝나지 않은 모양이었다. 럼주는 내 속을 휘젓기 시작했고, 나는 발갛게 상기된 얼굴로 이들과 뒤섞일 수 있었다.

왁자하게 무의미한 말들의 향연을 벌이는 사이, 밴은 갈림길에 당도했다. 이 친구들이 갈 길은 북쪽이었고, 내가 향하던 길은 서쪽이었다. 메테스는 나를 위해 서쪽 휴게소까지 조금 돌아가는 건 아무 문제가 아니라고 했다. 왼쪽 창 너머로는 노을이 짙게 물들고 있었다. 아마 저기 어딘가에 트리어가 있을 터였다. 휴게소에서의 오랜 기다림 탓일까, 해적의 술 탓일까, 내 볼이 벌겋게 물든 탓일까, 조금은 노곤했다. 트리어에도 룩셈부르크에도 나를 기다리는 이가 있는 건 아니었다. 나는 마침 쾰른으로 가는 차선에 있으니 어쩔 수 없이 너희와 함께 가야겠다고 말했다. 그러자 밴은 차선을 밟고 양 갈래 길의 중앙을 달리기 시작했다. 그러더니 선장 메테스는 말했다.

"네 인생의 선택은 네가 해야지!"

우리는 길을 나누는 가드레일로 돌진하고 있었다. 친구들은 달뜬 얼굴로 나를 바라보았다. 그 순간은 내가 키잡이였다. 선택하지 않는다면 기꺼이 함께 부딪혀 줄 선원들이라니. 어찌할 수 없는 웃음이 터졌다. 알코올과 기름 냄새도 이제 막 익숙해지던 참이었다.

"알았어, 알았다고. 그렇다면 쾰른으로 가자!"

이 유쾌한 해적들 덕분에 나는 어쩔 수 없어서가 아니라, 그들과 함께하고 싶어서 퀼른으로 향했다.

◇ ◇ ◇

다니엘의 집 소파에 누웠다. 럼주를 따라 마시다 퀼른까지 따라온 나는 사실 갈 곳이 없었다. 그런 나를 다니엘은 흔쾌히 집으로 초대했고, 사과 두 알을 챙기던 오늘 아침의 나는 그렇게 퀼른의 옥탑방 소파에서 밤을 맞았다.

나에겐 누군가를 도왔던 기억이 거의 없다. 있었더라도 너무 작은 일이어서 까먹은 건 아닐까. 언젠가 그 기억이 없는 것이 석연치 않아 엄마에게 물었던 적이 있다. 엄마의 기억 속 나는 누군가를 도왔던 적이 있느냐고. 엄마는 곰곰 생각했다. "네가 누굴 그렇게 돕고 그랬던 것 같진 않은데…." 그러다 엄마가 한다는 말이 "네가 중학교 삼 학년 때 뒷자리 애 커닝을 도와준 적은 있지."였다. 오죽이나 없었으면….

나도 그날은 기억한다. 과학 시험이었다. 뒷자리 아이가 공부를 너무 못 했다며 옆구리와 팔 사이로 살짝만이라도 보여 달라고 했다. 나도 공부를 못 했다고 분명 말했지만, 그 아이는 아마 그것을 겸손으로 여겼던 것 같다. 나는 결국 보여 주었고 우리는 선생님께 걸렸다. 뒷자리 아이가 소위 '노는' 아이였기에 선생님은 내가 협박당했다고 생각했다. 그녀는 내가 솔직히 말해야 나라도 0점 처리를 면할 수 있다고 말했다. 그러면서 보여 주는 성적표에 적힌 내 과학 성적은 34점이었다. 없는 와중에라도 남을 돕고자 하는 마음이 이런 것이었을까. 그 성적표를 보던 때의 나도, 엄마의 말을 듣던 나도 그저 조금은 머쓱했다.

도움이 익숙하지 않은 삶. 도움을 받는 것은 당연했고, 도움을 주는 것에는 인색했던 것이 아니었나. 길 위에서 생애 처음이자 아마도 마지막으로 마주친 낯선 사람들이 내게 건네는 도움들은 마냥 평범하고 당연하던 내 삶의 두꺼운 낯을 조금씩 벗겨냈다. 당연하지 않은 도움들이 나의 인색함을 부끄럽게 만든다. 마냥 즐거운 일은 아니었다. 어쩌면 그저 당연하게 여기는 채로 남아 있는 편이 편했을지도. 그리고 언젠가는 나를 도왔던 모든 이들을 찾아가 나를 왜 이렇게 불편하게 만들었는지 따지고 싶을지도 모른다. 한번 부끄러움을 느껴 버린 삶이 다시 당연해질 수는 없으니.

경찰의 미소, 노부부의 작은 케이크, 다급한 나와 눈이 마주치자 바로 달려오던 메테스의 모습, 다니엘이 내어 준 지금의 소파. 이 사소하면서도 더없이 커다란 다정함들 덕분에 아무래도 이 길은, 아무렇지 않던 지난날들이 문득 부끄러워지는 길이 되어 간다.

불편한 밤이다. 기분이 좋다.

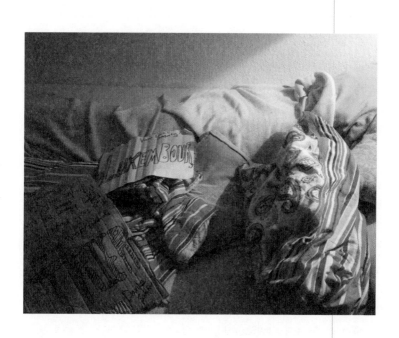

665km, 6번의 히치하이킹. 떠나던 순간의 665km는 도착하고 돌아보니 여섯 번의 만남이 되어 있었다. 바르셀로나로 여행을 가는 것과 바르셀로나로 가는 길을 여행하는 것의 차이가 665와 6의 간극이 아닐까. 그렇듯 점과 점이 아닌 둘 사이의 선을 여행할 수도 있기에 우리는 여행과 여정을 나눈 것이 아닐까.

chapter 5

점과 점 사이의 선

베른, 브리그, 밀라노, 니스, 바스크

그,
저녁의 음악

조용한 저녁, 전철을 기다리고 있었다. 밖으로 트인 전철역 안으로 어스름이 스몄고, 주황빛 조명이 어스름을 비추었다. 하루가 아직 남아 있음에도 저녁은 끝의 냄새를 머금고 있다. 한껏 당겨지던 하루가 그 저녁의 역사 안에서는 탄성을 잃어, 모두 나른하게 저마다의 묵언을 즐기고 있었다.

그때 한 남자가 소리 없이 그 침묵을 두드렸다. 어떤 음악이었을까. 그가 헤드셋으로 듣고 있는 음악이 그의 온몸으로 형상화되고 있었다. 악기 하나 들고 있지 않았지만, 드럼으로 시작된 그의 연주는 베이스를 거쳐 기타에서 절정에 이르렀다. 그의 긴 금발이 찰랑거리는 소리, 이따금 뛰어오르는 그의 두 발이 바닥에 닿는 소리와 두 팔이 허공을 연주하는 소리, 그 자그마한 것들이 저녁을 울렸다.

아우성치는 몸짓을 우스운 장난처럼 바라보던 관객들은 이

내 그 몸짓에서 각자만의 음악들을 듣고 있었다. 내가 그와 닮았더라면, 여기까지 떠나오지 않아도 되지 않았을까. 부끄럼없이 집에 가는 길을 여행하는 이 옆에서, 나는 낯선 부러움을 조용히 만지작거렸다.

신비로운
사람

이른 저녁, 스위스 전통 음식을 파는 식당을 찾고 있었다. 베
른 구시가지 한가운데, 메뉴판에 일본어 설명까지 달려 있는
스위스 식당이 있었다. 메뉴판이 과하게 친절할수록 왠지 그
런 곳은 구미가 당기지 않았고, 그럼에도 불구하고 들어갈 정
도로 배가 고프지도 않았다. 그곳을 지나 걷다 보니, 자주 보
았지만 정작 건너 본 적은 없는 다리가 보였다. 도심을 벗어난
다리 건너편에는 조금 더 저렴하고 조용한 식당이 있을 것 같
다는 생각과 막연한 흥미에 이끌려 다리를 건넜다.

다리 건너편은 한적했다. 의자에 앉은 장엄한 청동 여신상
과 그 위에 그려진 남성 성기 낙서, 밝은색 정장을 입고 시가
를 한껏 빨아 연기를 뿜으며 포즈를 취하고 있는 흑인 남자 두
명, 계속 그들의 사진을 찍고 있는 백인 남자, 문이 열려 있는
오픈카, 그들을 흘깃거리며 동상 주변을 뛰노는 아이들, 그들

을 신경 쓰는 두 엄마, 그리고 그 주변을 서성이는 나. 아무것도 어우러지지 않는 그 장면의 공허함 탓인지, 긴 다리를 걸어서 건넌 탓인지 허기가 졌다.

주변 지도를 보니 도서관이 근처에 있었다. 나는 막연히 그곳을 대학 도서관이라 생각했다. 그러고는 혼자만의 짐작에 기대를 더했다. 대학가라면 근처에 싼 가게들이 있지 않을까. 이처럼 무의식 속 고정관념은 제멋대로의 해석을 '나도 모르게' 의식에게 슬쩍 내밀곤 한다.

정작 내가 도착한 곳은 국립도서관이었다. 겉은 공사 중이요, 안은 이미 닫은 곳이었고, 주변에는 아무것도 없었다. 나는 이 여행에서 되도록 사람들이 적게 간 길을 택하려 했다. '의외의 것'들은 주로 그런 길에 있었다. 다만 그런 길에는 의외로 정말 아무것도 없기도 했다. 지금처럼. 결국 나는 다시 시내 중심으로 발걸음을 돌렸다. 그때, 더없이 한적한 거리에 라이브 재즈음악이 은은하게 번졌다. 돌아가는 길이 허탈하지 않으려면 식당은 못 찾아도 이 음악은 들어야 할 것 같았다. 나는 헛걸음을 한 게 아니라고 착각할 수 있도록. 소리가 나는 곳으로 향했다.

어느 고등학교의 졸업 축하연이 열리고 있었다. 나는 조금 떨어진 곳에서 파티를 구경하며 음악을 듣고 사진을 찍었다. 누군가의 특별한 시간을 바라보는 것도 제법 특별한 경험이라 생각했다. 그때 옆에 서 있던 키가 큰 중년 남자가 손짓으로 사진이 잘 찍혔는지를 물었다. 그는 흰색 무지 티에 통이 과하게 넓은 회색 바지를 입고 슬리퍼를 신고 있었다. 아마 멀지 않은 곳에 사는 듯했다. 나는 머쓱하게 웃으며 사진을 보여 주었다. 우리는 서로 어디서 왔는지를 물었고, 이내 나는 다시 음악에 집중하려 했다.

그러나 그는 다시, 내 팔찌가 특별해 보인다며 알이 몇 개냐고 물었다. 그저 액세서리로 차고 있던 염주였기에, 대충 얼버무렸다. 문득 내가 너무 대화를 끊으려고만 했나 싶어 마음이 불편했다. 나는 그의 목에 있는 나무 염주를 가리키며 "그쪽도 있네요? 불교인가요?"라며 대화 주제를 던졌다. 아마도 그는 그 이야기가 하고 싶었던 것 같다. 그는 한껏 웃었고, 우리는 난데없이, 긴 대화를 시작했다.

그와 함께하는 시간은 묘했다. 그의 턱밑에 달린 커다란 혹 때문인지, 그가 입은 바지의 넓은 통 때문인지, 그의 의뭉스러운 미소 때문인지는 모르겠지만, 그는 보고 있어도 계속 낯선 사람이었다. 소설을 보면 종종 이야기 속 주인공에게 신비로운 인물이 찾아와서 깨달음을 주고 떠나지 않던가. 연주가 끝나고, 우리는 근처 카페의 테라스에 앉아 아메리카노를 한 잔씩 시켰다.

염주에서 시작된 이야기는 티베트 불교, 공空사상, 인과연, 북한과 그 배후의 거대 기업들, 스위스의 미래, 러시아의 영향, 비관주의 등 터무니없는 주제들로 이어졌다. 이야기가 그렇게 이어지는 이유는 알 수 없었고, 둘 다 영어가 온전하지 않아, 서로를 제대로 이해하지 못하는 경우가 많았다. 처음 만난 우리가 왜 이런 대화를 하고 있는지 모르겠다는 생각이 문득문득 들었다. 다만 나는 시종일관 능글맞게 웃고 있는 그에게 이제 그만하자고 말하지 못했다. 한참을 이어지던 대화를 끝낸 건 우박이었다.

하늘에서 난데없이 우박이 쏟아졌다. 우리는 처마 밑으로 피했다. 어느새 하늘은 어두워져 있었다. 그 어스름 속으로 별똥별처럼, 커다란 우박들이 내리는 걸 멍하니 바라보았다. 당신과의 대화도, 본 적 없는 크기의 갑작스런 우박도 기이하다는 나의 말에 그는 말없이 웃었다. 그리고 우리는 우박이 그칠 때까지 아무 말도 하지 않았다. 하늘은 별을 다 떨구고는 더없이 어두워졌다. 우리가 마지막 인사를 나눌 즈음엔, 높이 떠 있는 그의 하얀 치아와 흑만이 어슴푸레 보였다.

우리는 길게 대화했으나 간결하게 작별했다. 나는 다시 다리를 건너러 가다가 문득 그를 돌아보았다. 그는 어둠 속으로 호젓이 걸어가고 있었다. 나는 왠지 그가 신비로이 사라져 버릴 것 같아 유심히 지켜보았다. 하지만 그는 유유히 걸어서 골목 사이로 사라졌다. 나는 너무 배가 고팠다.

간장과
이탈리아

어디서부터 시작되었을까. 아침에 밀라노Milano에 거세게 내리던 비였을까. 아니다, 거슬러 올라가 보면 스위스에서 언젠가 혀를 깨물었고, 헐어 있던 혀와 연결되어 있을 뇌의 부분이 이미 스트레스를 받고 있었다. 서울의 둔덕들과는 다르게 너무 길었던 알프스 하이킹이 피로를 쌓기도 했을 것이고, 여행 78일차의 여독도 무시할 수 없었을 것이다.

나는 스위스를 떠나는 아쉬움을 달래고자, 떠나는 날 아침에 하이킹을 떠났다. 산악스포츠를 좋아해 스위스 브리그Brig에 정착해 버린 폴란드인 호스트 마이클Michal과 카타Katarzyna 부부가 추천한 루트였다. 지도에 마이클이 핑크색 하이라이트로 표시해 준 길을 다 오르기까지 네 시간 반이 걸렸다. 중간부터는 새벽까지 내리다 그쳤던 비가 다시 내리기 시작했고,

해발 2,005미터에 도착한 나는 녹초가 되어 있었다.

정상에 덩그러니 있는 가게에서 맥주를 하나 사서 내려가는 버스에 올랐다. 맥주는 내 혈액을 따라 손끝 발끝으로 퍼져 나갔다. 버스는 길옆의 낭떠러지를 따라 위태롭게 내려가고 있었고, 나는 버스가 기울어질 때마다 낭떠러지 위 허공에 뜬 기분을 느꼈다. 비에 젖은 몸 위로 퍼지는 한기와 몽롱함은 갈급히 뜨거운 샤워를 찾았다.

집에 도착하자마자 뜨거운 물에 몸을 던졌다. 샤워에 허물어져 내리는 몸을 간신히 수건으로 붙들고 나왔다. 말 못 할 노곤함은 정말 한마디 할 힘도 남겨 놓지 않았다. 다행히 마이클과 카타는 새벽같이 출근을 한지라 집에는 나와 고양이 네코뿐이어서 달리 말은 필요치 않았다.

짐을 챙기고, 열차 시간에 맞춰 집을 나서다가 비상식량 가방 안에 있던 간장이 쓰러져 흘렀다. 짙은 검정이 갈색 가방을 물들였다. 온통 간장이었다. 가방과 그 안의 시리얼, 식량과 함께 다니던 카메라가 간장 내음 아래 하나 되었다. 거슬렸지만 어찌하기엔 시간이 충분치 않았다. 휴지로 응급처치만 마친 후 나는 스위스의 마지막 집을 나섰다. 문을 닫기 전 문간에서 네코를 불러 보았지만, 아무런 기별이 없었다.

서둘러 역 앞에 이르자, 시간이 조금 남아 있었다. 그 틈을 이용해 남은 스위스 프랑Franc을 다 써 버리고 싶어서 대형마트로 향했다. 그런데 웬걸 사과와 바나나를 집고 보니 어느새 시간이 촉박했다. 잔돈을 털어 버리러 와서도 가격을 비교하며 돌아다닌 탓이었다. 계산을 하러 가면서 기차 시간을 보는데, 17:47 출발인 줄 알았던 기차가 17:44 출발임을 확인했다. 생각보다 계산 줄이 길었다. 앞의 사람들은 저녁거리들을 잔뜩 들고 있고, 나는 사과와 바나나만 들고 있음에도 내가 그들을 기다려야 하는 것이 질서의 답답한 순기능이었다. 셀프 계산 기계가 있었으나, 기계는 카드밖에 받지 않았고, 나는 애초에 프랑을 써 버리기 위해 쇼핑을 시작했으니 그것을 선택할 수는 없는 일이었다.

그리고 우연의 일치들이 중첩되었다. 앞앞에 서 있던 여자가 계산을 하려다 동전을 사지사방에 떨어트렸다. 촉박한 시간이 모든 것을 세밀화하여 그 장면은 슬로 모션으로 보였다. 찰그랑. 바닥에 튕기는 동전들이 내 신경다발들에 박혔다. 앞의 모녀가 그녀를 도와주지만 시간은 그들을 기다려 주지 않는다. 간신히 앞 모녀의 차례가 되자, 그들은 마트 회원권과 5프랑짜리 쿠폰 두 개를 제시했다. 그리고 남은 금액을 동전으로 지불한다. 뒤적뒤적, 틱. 뒤적뒤적, 킥. 동전들이 나를 비웃는다. 우연의 일치였다.

나는 그 몇 분의 세월 동안 준비해 둔 동전들을 놓고, 거스름돈은 받지 않고 역으로 뛰기 시작했다. 17:39. 아직 가능했다. 표를 왜 미리 사지 않았는지 스스로를 자책하기엔 시간이 부족했다. 표를 사는 기계에서 '도모도솔라Domodossola'를 선택하고 카드를 넣고 PIN을 입력했다. 거래 실패. 그건 뇌에 가하는 전기충격과 같았다. 다시 한 번, 또 한 번 입력하지만, 찌릿.

나는 프랑을 남기지 않기 위해 나를 시간의 구석에 몰아넣었지만, 어쩔 수 없이 다시 프랑을 뽑으러 ATM기로 향했다. 하지만 ATM기도 현금을 뱉는 대신 내 카드만 도로 날름 내밀었다. 구취처럼 간장 냄새가 진동했다. 내가 왜 그랬는지는 알 수 없으나, 도모도솔라에서 밀라노로 향하는 기차는 미리 예매해 두었기에, 지금 도모도솔라로 향하는 열차를 놓쳐선 안됐다. 지금도 앱으로 표를 구매할 수 있으리라. 일단 기차를 향해 뛰었다.

내가 타기를 기다렸다는 듯 열차문은 내가 오르자마자 바로 닫혔다. 따끈한 샤워의 여운은 땀으로 다 빠져나갔고, 그 땀이 옷에 스며들어 피로감을 더했다. 17:44. 열차는 움직이고, 나는 앱으로 결제를 시도했다. 하지만 결제는 거절되었다. 설상가상으로 인터넷이 중간중간 멍청하니 멈춰 서서 나의 반응을 구경한다. 스위스의 열차는 무임승차 벌금이 세고 자주 검사를 한다던 누군가의 말이 심박에 맞춰 관자놀이에 울렸다. 비상용으로 가방의 밑바닥 어딘가에 숨겨 두었던 엄마의 체크카드가 떠올라 가방을 뒤졌다. 간장 냄새가 신경들을 희롱해 나는 어지럼증을 느꼈다.

그때, 열차가 알프스의 긴긴 터널 속으로 들어갔다. 마른하늘 아래서도 머뭇거리던 핸드폰은 터널에 들어서자, 이 일에서 본인은 발을 빼겠다는 듯 인터넷에 'G'를 띄우고 버렸다. 땀 냄새를 맡은 한기가 몸으로 스며들었고, 때 아닌 인내 수업에 조급한 현대인은 몸을 떨었다.

천천히 결제를 진행하던 앱이 한참 시간을 끌고 나서야 한다는 말은 '열차를 찾지 못함'이었다. 나는 열차에 있지만, 이 열차는 이미 출발했으니 표는 찾을 수 없는 것이다. 나는 무임 승차 중이었다. 두뇌가 빠르게 공회전을 했다. 시험이 끝나는 종이 친 순간 도저히 안 풀리는 문제를 붙들고 있는 심정이었다. 어디 있을지 모를 검표원을 피해서 조금의 시간이라도 벌기 위해 뒤로 한 칸 이동했다. 그러고는 아직 사라지지 않았을 다음 역에서 출발하는 표를 찾기 시작했다. 다음 역까지만 버티면 된다.

아뿔싸. 시험 답안지는 뒤에서부터 걷지 않던가. 한 칸 뒤로 옮겨 도착한 연결부 바로 뒤 칸에 검표원이 나타났다. 동그란 유리창 너머로 멀리 있는 그와 눈이 마주친 듯했다. 이런 관계 구도 속에서 그는 내 시선을 무심히 지나칠 수 있으나, 나는 그 스치는 시선에 얼어 버렸다. 간장 냄새가 진동했다. 도망가고 싶지는 않았고, 도망갈 수 있는지도 판단이 서지 않았다. 나는 무임승차를 하고 싶지 않은 무임승차자였다.

어려서부터 나는 이상하리만큼 거짓말을 많이 했다. 거짓말을 거짓말로 덮어 가며 나만의 거미줄을 쳐 댔다. 그러면서

얻은 중요한 깨달음 하나는 문제를 거짓말로 덮는 것은 대체로 문제를 악화시킨다는 것이었다. 솔직함만이 문제를 빠르게 결론으로 인도한다. 검표원에게 가기로 마음을 먹었다. 걸리는 것이 아니라 찾는 구도가 되어야 한다. 뒤 칸의 문을 열었다.

브리그는 이탈리아와 가까운 스위스 도시이다. 그렇다 보니, 아침에 임금이 높은 스위스로 와서 일을 하고 저녁에는 이탈리아로 돌아가는 인부들이 많다고 했다. 그들이 프랑을 나르러 오가는 길이 알프스를 뚫고 다니는 이 기차였다. 내가 문을 열고 들어간 칸에는 시큼한 땀내와 인부들의 붕붕거리는 말소리가 끈적하게 들어차 있었다. 그 소란과 냄새는 내가 간신히 붙들고 있던 정신을 산란케 했다. 그들은 자신들과는 다른 이유로 땀에 전 동양인을 바라보았다. 그 시선들이 불안을 증폭시켰다. 나는 식초 통에 떨어진 간장 한 방울이 되어 좁은 통로를 조르륵 흘러갔다.

땀으로 범벅이 된 나는 마주선 검표원에게 핸드폰을 보여주며 말을 뒤죽박죽 뱉었다. 결제를 했으나 거절되었고, 표를 살 수 있는가, 당신에게. 사실 결제가 거절되었으면 열차에 안 오르면 되었을 터였다. 검표원은 표를 보여 달라고 말했다. 식은땀이 흘렀지만, 당당해야 했다. 나는 다시 횡설수설하며 당신을 찾고 있었다고 말했다. 나는 대뜸 체크카드를 내밀었고, 그는 나를 응시했다. 땀에 젖고 헝클어진 내 머리와 불안한 동공을 보면서 그는 무슨 생각을 했을까. 자신을 찾아오는 무임승차자는 처음이었을까.

　잠깐, 소란이 멈추고 객석의 시선이 모두 우리 둘의 대면을 향한 듯했다. 수많은 시선들과 나의 행색 중 무엇이 도움이 되었는지는 모르지만, 마침내 그는 알겠다며 표를 끊어 주겠다고 했다. 그러면서도 내 카드가 찜찜했는지, 나에게 프랑이나 유로가 있느냐고 물었다. 프랑은 간신히 다 쓰고 왔으니 있을 리 없었고, 그간 아껴 두던 꼬깃꼬깃한 50유로짜리 지폐를 내밀었다. 그는 계산기를 몇 번 두드리고는 나에게 작은 종이 표 한 장과 36.4프랑을 거슬러 주었다.

　프랑을 손에 가득 쥐고, 이탈리아의 시선들을 뒤로하고, 통로에 버리고 갔던 가방에게 돌아왔다. 무엇을 다 쓰고자 일을 이렇게 만들었는가를 허망하게 돌이켜 보았다. 샤워에 녹아내리던 근육들이 지금은 바스러진 느낌이었다. 지나치게 지쳤고, 간장 냄새가 진동했다. 검표원이 지나가고, 나는 그제야 이탈리아로 가는 표와 프랑 한 움큼을 손에 쥐고 자리에 앉았다. 이탈리아로 간다.

◇ ◇ ◇

이탈리아에 대한 많은 이들의 경고와 악평 덕에 기차에서도 긴장을 놓지 못했다. 저녁 어스름이 내려앉은 즈음 기차가 밀라노 중앙역에 멈춰 섰다. 굳어진 몸을 애써 일으켜 기차 밖으로 밀었다. 지금 딱 내가 바스러졌으면 싶었다. 잘게 부서져서는, 바닥에 널브러져 내가 나를 지탱하는 것이 힘겹지 않을 때를 기다리고 싶었다. 하지만 이제 그만 끝이 나도 좋을 하루는 질기게 이어졌다. 숙소에 도착해야 했다.

이탈리아에서 카우치서핑 호스트를 구하기는 쉽지 않았다. 카우치서핑 커뮤니티에도 지역마다 다른 문화가 배어 있는 듯했다. 이탈리아의 경우 남자 호스트가 여자 게스트를 받는 경우가 많았고, 내가 보낸 메시지는 모두 부답으로 사라졌다. 다행히 말도 안 되게 저렴한 2만 원짜리 에어비앤비를 구해 일단 그곳을 예약해 두었었다. 이제 호스트의 친절한 안내를 따라가기만 하면 됐다.

지하로 내려가 1.5유로짜리 편도 표를 구입하고 지하철을 타야 했다. 잠시 잊었더라도 사라진 적은 없는 현실이 다시 끼어들었다. 카드는 여전히 고집스럽게 결제를 거부했다. 나에겐 유로 대신 프랑만 잔뜩 있었다. 엄마의 체크카드를 기계에 넣어 보지만, 기계는 인터넷 연결이 안 된다며 카드를 뱉어 낼 뿐이었다. 1.5유로를 낼 방법이 없었다. 마스터카드, 비자카드, 사만 원 정도의 현금이 있음에도 이천 원을 낼 수가 없어 집에 갈 수가 없다니. 도무지 내가 들고 있는 '돈'들은 지금 이 세계에서는 그 무엇도 되지 못했다.

잠시 넋을 놓고, 읽지 못하는 신문을 바라보며 서 있었다. 그 모습이 안타까웠는지 거슬렸는지, 표를 파는 남자가 내 카드들을 가져와 보라며 나를 불렀다. 거기까지가 하늘이 내게 내린 시험의 끝이었을까. 엄마의 카드는 보이지 않는 어떤 돈인가를 보이지 않는 어디론가 보내 주었고, 남자는 내게 표를 내어 주었다.

지하철에 올랐다. 무너지는 몸뚱이를 그나마 움켜쥐고 있던 긴장의 끈이 느슨해질 때 즈음, 그제야 스위스에 도착하던 날 가방 앞주머니에 넣었던 유로 동전들이 생각났다. 그 무고한 동전들의 잘그락거림이 나를 허탈하게나마 웃게 만든 것은 다행이라면 다행인 일이었다.

◇ ◇ ◇

많이 지쳐 있었다. 밤새 내리던 비는 오전의 끝자락에 잦아
들었지만, 젖어 있는 기분은 가시지 않았다. 멍하니 창밖을
바라보고 있는 내게 에어비앤비 호스트 에토레Etore는 이탈리
안 커피를 한 잔 마시겠느냐 물었다. 불 위에 올려 둔 모카포
트에서 증기가 끓고 있었다. 에토레는 친절을 베풀 때마다 자
신은 슈퍼호스트(평점 만점을 유지하는 호스트. 되고 나면 다양한 이점이 있다
고 한다.)가 되고 싶으니 별점을 잘 달라는 부탁을 덧붙였다.

그런 그에게 별점을 주는 건 어렵지 않았으나 마음은 쉬이
가지 않았다. 나는 작은 식탁에 앉았고, 그는 커피를 따라 주
었다. 시커먼 커피는 머리가 띵할 정도로 맛이 없었다. 이탈
리아만의 스타일이 어떠냐고 에토레가 물었다. 그의 입꼬리가
뿌듯함에 치솟아 있었고, 나는 쓴웃음을 지었다.

짙은 간장 냄새와 피로, 눅눅한 비와 쓰디쓴 커피, 호화로
운 명품거리와 두오모 창의 하트 문양. 밀라노는 하나같이 현
기증으로 기억되었다. 무엇 하나라도 달랐더라면 나에게도 밀
라노가 아름다운 도시일 수 있었을까. 나는 아무래도 이곳에
다시 오지 않을 것 같았다. 때때로 아쉬운 첫인상이 전부여야
하는 사이가 있다. 나는 이탈리아에 오래 머물지 않았다.

프렌즈

도망치듯 이탈리아를 떠나 프랑스 니스Nice에 도착했다. 많은 이들이 휴식과 낭만을 찾으러 간다는 곳이니, 지금 나에게 필요한 장소인 것 같았다. 마침 카우치서핑도 수월했다. 버스에서 내리고 한참을 걸어, 호스트 올리비에Olivier의 집 문을 열었다.

마르고 길쭉한 올리비에는 소파에 누워, 그의 애인 다나Dana는 매트리스에서 스트레칭을 하며 TV로 미국 드라마 〈프렌즈 Friends〉를 보고 있었다. 우리는 웃으며 인사했고, 잠깐 〈프렌즈〉를 함께 보았다. 태연한 환영이었다. 환대를 해 주면서도 평점을 요구하던 자본주의적 관계를 겪고 온 탓일까. 나는 서로에게 아무런 부담도 지우지 않는 이 적당한 첫인사가 좋았다.

그 적당한 시작이 아마 우리가 금세 '친구들'이 된 이유가 아니었을까.

유영

그날, 니스의 바닷가에는 파도가 드셌다. 아찔한 볕이 부서지는 파도를 부시고, 예리함을 자만하던 이성은 그 반짝거림 앞에서 둥근 자갈이 되어 바닥을 뒹굴었다. 문득 바다에 들어가고 싶었다. 내 옆으로 자갈이 자그락거렸다. 파도 소리가 해안의 소음을 덮어, 눈을 감으면 얼핏 바다 앞에는 나뿐인 듯했다.

옷을 벗었다. 해안에 떠 있던 냉기가 맨살에 스몄다. 바다가 따듯해 보인 것은 아마 볕 때문이었으리라. 바다에 뛰어들었다. 그리고 발에 차가운 물이 닿는 순간, 이 일련의 과정이 착각이었음을 깨달았다. 뒤를 돌았지만 바다는 내가 도로 내리기를 기다려 주지 않고 출발했다. 들었던 파도가 나의 발을 바닷속으로 쓸어 가고, 새로 드는 파도가 등을 밀쳤다. 일순간 내 몸은 두 흐름 사이의 허공에 붕 떠올랐다.

비자발적 물아일체의 경지. 파도와 파도 사이에는 중력이 없는 듯했다. 심해로 당겨지던 다리가 하늘을 향했다가 다시 자갈에 닿았을 때, 지금 죽을 수도 있겠다고 생각했다. 파도의 완력 아래, 지금 나는 부러진 나뭇가지와 평등했다. 나는 생애 처음으로 중력에게 빌고 있었다. 양 무릎을 꿇고 자갈 위에 엎드려 그 격한 무중력의 당김을 중력이 버텨 주기를 바랐다. 내가 누르고 있던 자갈들마저 바다로 끌려 들어가기 시작할 때, 나는 네발짐승이 되어 필사적으로 기었다. 이내 새 파도가 나를 덮쳤고, 나는 부질없이 자갈들을 움켰다.

'생각할 시간이 없다'는 말을 내가 썩 함부로 쓰고 있었음을 느꼈다. 본능에만 의지하여 기어 다닌 끝에 나의 파리한 몸뚱이가 바다의 되새김질에서 벗어났다. 정확히는 바다가 나를 뱉었다. 흠씬 젖은 꼴로 나는 물을 토했다. 머릿속에 아찔한 짠맛이 가득했다. 함께 바닷가에 나와 있던 다나는 웃으며 나를 보고 있었다. 그녀는 내가 그저 하얀 포말 아래서 숨바꼭질을 즐겼다고 생각하는 듯했다. 하기야 나에겐 생사의 고비들이었어도 그녀가 보기엔 그저 파도 세 번이었을 테니. '모든 근경은 전쟁이고, 모든 원경은 풍경 같다'고 하지 않던가.

멀어졌던 소리들이 들려오고, 온몸이 쑤셨다. 그 하나하나의 통각은 내가 어쨌거나 살아남았다는 증거였다. 나는 파도가 정말 매섭다고 말했고, 다나는 그래 보였는데 내가 뛰어 들어가더라고 답했다. 문득 방금 전 나의 발버둥이 내게도 원경이 되었고, 나는 자그락거리는 삶의 문턱에 누워 한참을 웃었다.

니스 투 바르셀로나

_665㎞

이럴 줄 알았다. 알았으나 어찌할 도리가 없었다. 니스에서
바르셀로나Barcelona로 가는 블라블라카blablacar(유럽의 대표적인 카풀
앱)를 예약했을 때부터 묘한 찜찜함이 가시질 않았다. 그들이
니스의 기차역에 들러 내가 합류하는 여정이었는데, 만남 장
소가 애매하게 표시되어 있었다. 나 스스로의 불안을 잠재우
고자 운전자에게 거듭 장소를 확인했다. 지명에 따옴표를 붙
이고, 그도 불안하여 지도까지 찍어 보내며 확인했다. 하지만
돌아온 "Yes"라는 대답은 왠지 공허한 듯했다. 마주 보고 있지
않아도 상대방이 설듣고 있음이 느껴질 때가 있다. 물결조차
일지 않는 물에 돌을 던지는 기분. 문제는 어쨌든 내가 할 수
있는 일이 돌을 던지는 것밖에 없다는 점이었다.
　약속된 아침 일곱 시, 차는 나타나지 않았다. 도통 전화를
받지 않던 운전자에게서 뒤늦게 전화가 왔다. 어쩌면 운전자

는 그저 조금 늦는 것일지도 모른다. 러시아 남자인 듯했다. 우리는 영어로 서로 어딘지를 물었다. 남자는 몇 마디를 더듬 거리다가 앳된 목소리의 여자에게 전화를 넘겼다. 그들은 나 하고 영어로 한 마디를 주고받으면, 자기들끼리 러시아어로 세 마디를 했다. 주변에 무엇이 보이냐는 그들의 물음에 내가 주변 가게 이름들을 다 읽도록 그들은 자신들이 있는 곳과 내 가 있는 곳이 다름을 알지 못했다.

아빠와 딸이었다. 아빠는 딸을 바르셀로나 공항에 태워다 주어야 했다. 딸은 돈을 아끼자며 아빠의 계정으로 동승자를 구했다. 다만, 딸에게는 공항으로 가는 길보다 공항을 떠난 다음의 길이 더 중했다. 거듭 합승 장소를 물어보는 이에게 그 이는 대충 맞다는 말을 남기고, 자신의 환승 장소를 확인했을 것이다. 그리고 지금, 내가 보내 주었던 지도의 장소에 있냐 는 나의 물음에, 딸은 비행기 시간에 늦었노라고 말했다. 돌 은 물속에 가라앉았다.

나쁜 의도는 누구에게도 없었다. 각자 자신의 지금이 더 중 요했을 뿐. 하지만 의도가 나쁘지 않았다고 해서 잘못이, 잘 못이 아니게 되지도, 화가 누그러지지도 않는다. 결국 나의 지금만 기차역에 남겨졌으니까. 올리비에와 다나를 다시 만 나, 이 갈 곳 없는 분을 털어놓을까도 생각했다. 조금 더 머무 르기 위한 적당한 핑계가 되지 않을까 싶었다. 하지만 이미 처 음의 약속보다 이틀이나 더 있었던 것이 연인에게 내심 미안했다. 아무리 궁할지라도 연인이 함께 깨어나는 일요일 아침까지 방해하는 파렴치한 여행자는 되지 않기로 한다. 어찌 되었건 떠나려고 뗀 발걸음이지 않던가. 다만, 하릴없이 놓쳐버린 부녀의 차 외에, 바르셀로나로 가는 저렴한 교통편은 없었다.

◇ ◇ ◇

공연히 분노를 되새김질하며 걷다 보니 해변에 이르렀다. 아침 바다는 한산했다. 쉼 없이 오가는 여행객들의 낭만이 되어 주느라 지쳤을 바다가 잠시나마 쉬고 있었다. 배낭을 내리고 벤치에 앉았다. 파도가 나를 대신하여 연거푸 한숨을 쉬어 주고 있었다. 아주 간단한 이동일 수도 있었다. 그저 부녀의 차에 올라 서로 어느 곳으로 떠나는지 따위를 이야기하고, 창밖과 서로를 바라보며 친구가 되는 시간일 수도 있었다. 그러나 그 시간은 날 태우지 않고 떠났고, 665㎞라는 가야 할 거리를 남겼다.

아득하다 생각하면서도 그것이 얼마나 먼 거리인지를 알지 못했다. 분명한 것은 그저, 걸어갈 수 없는 거리라는 것과 그 거리를 가는 비용은 제법 비싸다는 것. 삶의 많은 경우들처럼, 지금도 절대적인 것보다는 상대적인 것이 문제였다. 떠나간 블라블라카보다 비싼 방법을 택하고 싶지 않았다. 곰곰 생각해 보아도 무책임한 것은 그들이었지만, 그 무책임의 책임을 지는 건 나였다. 내가 더 내야 하는 돈은, 주인을 잘못 찾은 무책임의 비용 같았다. 제 주인은 이미 한참을 달려가 버렸으니 내 앞에서라도 얼쩡거려 보는 것이리라. 그리고 그들은 지금쯤 날씨가 좋다 말하고 있을 것 같아, 기필코 그 비용은 지지 않기로 한다.

여러 선택지들을 버리자, 답을 고르는 건 어렵지 않았다. 나는 다시 히치하이킹을 선택했다. 다시 하고 싶지는 않았다. 다만 삶에서는 이따금 '마땅한 때'가 찾아오는 듯하다. 내가 이 여행을 출발하던 때가 그랬고, 지금이 그렇다고 생각했다. 목적지에 닿지 못했던 첫 히치하이킹의 경험과 떠나지 못한 지금이 만나, 새로운 마땅함이 이루어진 것이다. 다시 배낭을 메고 해안을 따라 서쪽으로 향했다. 길은 더없이 단순하다. 해안을 따라 계속 서쪽으로 간다면 바르셀로나가 나올 것이다.

니스 공항에 도착했다. 서쪽으로 향하는 주 고속도로가 공항 앞에 놓여 있었다. 다만, 고속도로로 나서기 전에 마음을 다시 먹는 시간이 필요했다. 한 번 겪어 본 쉽지 않은 일 앞에서 마음은 거듭 제자리걸음을 걸었다. 공항으로 들어갔다. 니스로 오는 버스를 탔을 적에도 이 공항에 내렸으니, 비행기는 탄 적 없으나 여행에서 가장 많이 들른 공항인 셈이었다. 고속도로로 나섰다가 또 이곳에 돌아오게 된다면 그 기록은 좋지 않은 기억이 될 것이다.

　잠시 의자에 앉아 식량가방에 챙겨 두었던 작은 빵을 꺼내 먹었다. 식사라기보다는 길로 나서기 전 마지막 의식이었다. 몸도 마음도 굶주릴지 모르는 시간 앞에서의 만찬. 공항 안에 있던 주스가게에서 구태여 주스를 사 마셨던 것도 그런 의식의 일환이었다. 주스의 이름이 'Pick me up^{날 태워요}'이었으니, 제법 염원이 담긴 의식이었다 할 수 있으리라.

◇ ◇ ◇

　차도를 따라 걷다가, 굴다리 밑을 지나자 길옆에 차가 멈출 수 있는 작은 공터가 있었다. 지난 히치하이킹의 작은 깨달음이라면, 차들이 멈추기 쉬워야 한다는 것이었다. 나를 보더라도 멈춰 설 수 없다면 의미가 없으니. 이곳은 차들도 아직 빠르지 않아 적당할 듯했다. 공항 앞 쓰레기장에서 구한 박스에 'Marseille^{마르세유}'를 적었다. 아무래도 이곳에서 바르셀로나를 적고 기다리는 건, 지나는 운전자들에게 어이없는 웃음을 선사할 뿐일 듯했다. 해안을 따라, 큰 도시에서 큰 도시로 이동하기로 마음먹으며 정한 첫 도시가 마르세유였다. 프랑크푸르트의 가드레일 너머에서 룩셈부르크를 들고 서 있던 것에 비하면 장족의 발전이었다.

　발전된 전략 덕인지, 얼마 되지 않아 검은색 세단이 내 앞에

멈추었다. 짙게 선팅된 창문이 내려갔다. 의기양양하게 들여
다본 차 안에는 보랏빛 스산한 기운이 감돌았다. 얼핏 보아도
몸의 잔근육들을 긴장하게 만드는 그 내부에서 민머리의 운전
자가 나를 지그시 바라보고 있었다. 나의 상상력은 그가 당장
이라도 총을 꺼내어 들지도 모른다는 경고를 던졌다. 그렇다
고 멈추어 준 이에게 "당신은 너무 무서우니 이만 가시오."라
고 말할 순 없었다.

짧은 경험 동안 내가 느낀 히치하이킹의 장점이자 단점은,
운전자와 내가 서로를 신뢰할 근거가 서로에 대한 막연한 믿
음뿐이라는 것이다. 이 믿음은 '세상은 아름답다' 혹은 '저 사
람은 착하게 생겼다'와 같이 순진하고 단순한 생각에서 출발하
는지도 모른다. 그리고 이 믿음이란 신뢰의 견고한 지반이 되
기 어렵다. 특히 나 같은 풋내기 여행자에게는 더더욱. 그러
므로 운전자와 히치하이커의 동행에는 은근하고도 팽팽한 긴
장감이 함께한다. 그 긴장을 흩트리고 믿음을 다지기 위해 자
잘한 대화와 미소가 필요하다. 그런데, 이 검은 차 속의 남자
는 나를 빤히 바라보며 알아들을 수 없는 말들을 내게 던진다.

어쩌면 "안녕, 내 이름은 루이야." 같은 평범한 프랑스어였
을지도 모른다. 다만 알아들을 수 없음은 나의 불안을 자극했
다. 이제 나의 마음은 이 차에 타면 안 된다고 확신하고 있었
다. 다행히, 내가 그의 말을 알아들을 수 없다는 건 우리가 함
께 가지 않아야 할 분명한 이유이기도 했다. 나는 그를 보며,

미안하지만 프랑스어를 할 줄 모른다고 말했다. 이곳은 프랑스이니 정말 미안한 마음이 있기도 했다. 그러자 그는 잠시 자신이 뱉은 말들을 주워 담는 듯하더니, 고개를 주억거리고 창문을 올렸다. 그가 사라지고도 놀란 가슴은 한동안 숨을 헐떡거렸다. 다행히 총은 맞지 않았다.

◇ ◇ ◇

다음으로 멈춘 차에는 남아시아에서 온 듯한 남매가 타고 있었다. 앞선 대면이 너무 강렬했던 탓일까, 남매는 더없이 순수한 사람들 같았다. 나의 오그라든 간을 조물조물 펴 줄 것 같은 사람들. 나는 냉큼 차에 올랐다. 조수석에 앉은 여동생은 한껏 신이 나 있었다. 히치하이커를 태워 본 건 처음이라 했다. 게다가 그녀는 한국은 잘 모르지만 한국 드라마를 좋아하는데, 마침 한국인을 만난 것이다. 그녀는 내게 궁금한 것들을 한참 물어보았고, 그동안 운전을 하는 그녀의 오빠는 한마디 말도 섞지 않았다.

남매는 스리랑카 출신이었다. 다만 그들끼리 대화를 할 때 프랑스어를 쓰기에 내가 그 연유를 묻자, 아주 어릴 적에 입양되어 왔다고 한다. 프랑스에서밖에 살지 않아, 스리랑카는 모른다고. 지금은 마르세유에 살고 있는데, 여동생이 유학을 다녀오는 길이었다. 간만에 돌아온 여동생을 오빠가 태우고 돌아가는 길에, 여동생의 성화에 나를 태운 듯했다.

그러니 신이 난 동생에 비해, 이 좁은 공간에서 여동생까지 보호해야 한다고 생각하는 오빠가 긴장의 끈을 놓지 않고 있는 건 어쩌면 당연한 일이었다. 그는 선글라스를 낀 채, 아주 미묘하게만 고개를 움직이며 이따금 백미러로만 나를 흘끔 보았다. 이는 내가 "난 제법 착한 사람이에요."라고 말한다 해서 누그러질 긴장이 아니었다. 그저 대화와 웃음으로 조금씩 흩트릴밖에.

마르세유가 제법 멀어서 여러모로 다행이었다. 오늘 가야 하는 거리의 3분의 1을 한 번에 갈 수 있었고, 여동생은 '송중기'부터 '한국의 먹방'까지 자신의 궁금증을 해결할 수 있었으며, 길어야 두어 단어만을 말하던 오빠도 어느덧 하얀 이를 드러내며 웃고 있었다. 나는 팽팽했던 우리 사이의 긴장이 늘어지고 있음을, 오르내리는 그의 입꼬리에서 볼 수 있었다.

어느덧 차가 마르세유 중앙부에 멈추면서 우리의 시시콜콜한 수다도 멈추었다. 그리고 운전을 하던 오빠는 그제야 선글라스를 벗었다. 헤어지기 전에라도 그와 눈을 맞출 수 있음이 다행이었다. 이렇듯 우리가 눈을 마주 보았기에, 마음을 졸이던 시간은 제법 유쾌하게 기억될 수 있을 것이다. 낯선 서로에게 익숙해지는 시간이었다며.

◇ ◇ ◇

날씨는 좋았지만 마르세유는 어딘가 탁했다. 이제 막 도착했음에도 딱히 설렘이 일진 않았다. 잠깐 경유하는 도시인 탓도 있었지만, 마르세유의 첫인상에서 느껴지는 삭막함 때문이기도 했다. 도심의 빼곡한 건물들 사이로 차들과 사람들이 분주히 지나다녔다. 도시 자체가, 오랫동안 같은 방식으로 작동해 온 낡은 기계 같았다. 기계의 구석구석이 작동할 때마다 누런 먼지가 피어올랐고, 그 누런 먼지 아래 특별할 수 있는 것은 없었다. 이 기계의 내장 속에는 오래 머물고 싶지 않았다. 혹, 저 위산 같은 누런 먼지들이 나를 소화해 버린다면 나도 이 기계의 일부가 되어 버릴지도 모르니. 분주히 다음 고속도로로 향했다.

그리고 고속도로에 올랐을 때, 나는 어쩌면 이 도시가 70년대에 멈춰 있는지도 모르겠다고 생각했다. 찻길 옆에는 실선으로 구분된 널찍한 예비도로가 있었고, 놀랍게도 그곳에는 히치하이킹을 하는 여러 여행자들이 걷고 있었고, 차들이 지나며 중구난방으로 여행자들을 태우기도 했다. 나를 처음 태웠던 노부부가 말하던 7, 80년대가 이러하지 않았을까. 히치하이킹이 제법 당연한 문화로 남아 있는 곳.

오래지 않아 나를 태워 준 프랑스인 부부는 심지어 당신들과 방향이 맞는 히치하이커가 있는지를 둘러보며 천천히 가던 중이었다. 모든 것이 너무 태연하게 진행되어, 이렇다 할 긴장감이 끼지도 못했다. 조막만 한 차에 그들은 나 말고도 A4

용지 한 장과 악기 상자 하나를 든 남자까지 태우고서야 속도를 내기 시작했다.

함께 탄 남자는 음악을 하는 듯했다. 다만 그는 선글라스를 끼고 있었고, 말수가 별로 없어서 그저 짐작할 뿐이었다. 그는 이따금 우리를 태운 부부하고만 프랑스어로 짧은 대화를 나누었다. 마르세유로 올 때의 들뜬 분위기와는 다르게, 이 차 안에서는 이 모든 게 별일이 아니었다. 운전자도, 동승한 정체 모를 음악가도 태연하니 나 또한 그래야 할 것 같았다. 덕분에 나는 히치하이킹을 하면서 처음으로, 조용히 창밖을 바라보았다.

한 휴게소에 도착해 주유를 하는 동안, 옆 남자는 별다른 인사 없이 주변에 있던 다른 차로 환승을 했다. 저렇게 무심히 히치하이킹을 할 수 있는 걸 보니, 문득 나의 앞선 긴장감들이 무색했다. 주유가 끝나고, 나도 다음 차를 타기 위해 차에서 내리며 부부에게 고맙다 말하고, 악수를 나누었다. 고마운 건 분명히 고맙다고 표현을 해야 한다. 아무리 당연해 보일지라도 당연한 건 없으니.

나도 얼마 지나지 않아, 몽펠리에Montpellier로 향하는 다음 차를 타고 휴게소를 출발했다.

◇ ◇ ◇

운전자의 이름은 압델이었다. 다만, 이름 말고는 알 수 있는 것이 없었다. 분명 그가 나를 보고 차를 멈추었을 때, 나는 그에게 몽펠리에로 가는지를 영어로 물었고, 그는 웃으며 고개를 끄덕였다. 그런데 차가 출발하고, 내가 무슨 말을 해도 그는 그저 웃을 뿐이었다. 그는 영어를 할 줄 몰랐다. 나는 구글 번역기를 동원해 그에게 이런저런 말을 하려 했지만, 그는 역시 이해가 잘 안 된다는 듯 고개를 저으며 웃었다. 그나마 내가 아는 프랑스어라고는 내 이름을 말하는 "쥬 마 뺄 도영" 뿐이었으니, 나는 이 말을 하고 그를 가리키기를 반복했다. 그렇게 간신히 그의 이름이 압델이라는 것을 알게 된 후, 우리는 그냥 실없이 웃기만 했다.

　다음 휴게소에 내려 달라는 말을 여러 방법으로 했지만, 나는 결국 몽펠리에의 어느 맥도날드에 내리고 말았다. 번역기가 내 말을 제대로 전하지 못했음이 분명했다. 압델은 나를 보며 여전히 인자한 미소를 띠고 있었다. 저 천진한 표정 앞에서 이제 와 무슨 말을 더 할까. 나는 그저 고맙다고 말했다. 우리가 번역기 없이 서로 알아들을 수 있는 몇 안 되는 말 중 하나였다. 분명 쉼 없이 왔지만, 해는 어느덧 하늘을 거의 다 내려와 있었다. 어쩌면 압델은 이 시간에 새로운 히치하이킹은 위험하다며, 못 알아들은 척 나를 이곳에 내려 준 건지도 모른다.

　나는 압델의 은색 차가 어스름 속으로 멀어지는 것을 보다가, 맥도날드에 들어가 앉아 인터넷으로 몽펠리에를 검색해 보았다. 몽펠리에의 카우치서핑 호스트들에게 메시지를 몇 개 보내 봤으나, 답이 없었다. 이미 해가 졌으니 누구를 탓할 일은 아니었다. 다행히 에어비앤비 숙소를 구할 수 있었고, 나는 한참을 걸어 몽펠리에 도심으로 들어갔다.

집주인의 안내에 따라 버스를 타기 위해 정류장에 잠시 앉았다. 그제야 하루의 긴장이 누그러졌다. 니스의 기차역에 허탈하게 서 있던 것이 오늘 아침이라는 게 낯설었다. 러시아인 아빠와 딸은 공항에 잘 도착했을까. 그녀는 어느 하늘인가를 날고 있을까. 이 하루는 너무나도 다를 수 있었다. 다만 어떤 하루가 더 좋은 하루였을지는 모르겠다. 내일은 바르셀로나로 갈 것이다.

◇ ◇ ◇

일찍 하루를 시작했다. 새벽의 끝자락, 몽펠리에 구도심의 좁다란 골목들로 여명이 들고, 사람들은 모두 각자의 아침을 맞는다. 도심 공사판에서 아직 끝나지 않은 어제를 마무리하는 인부, 오늘을 시작하며 거리의 어제를 씻어 내는 청소부, 골목에 뿌려진 물 위로 찰박거리며 분주한 월요일 속으로 걸어가는 회사원, 이제 막 가게 문과 함께 하루를 여는 제빵사. 꼬옥 잡고 있던 손목을 놓았을 때 손끝으로 생기가 퍼지듯, 밤이 놓아 준 도심 구석구석으로 어찌 되었건 새로울 하루가 퍼진다. 엉겁결에 내 안에도 생기랄 것이 스미고, 나는 처음 본 거리를 떠날 준비를 한다.

이른 오후, 바르셀로나에 도착했다. 니스에서 몽펠리에와 마찬가지로 몽펠리에에서 바르셀로나까지도 세 번 히치하이킹을 했다. 응급실로 출근 중이던 간호사 에비, 운전하는 내내 한 달배기 딸을 자랑하던 쟝 폴, 영어라고는 정말 한 단어도 알아듣지 못하던 어린 프랑스 연인. 연인의 차에서 내려 바르셀로나에 발을 디디자 묘한 희열이 일었다. 그것은 아마도 '바르셀로나'여서라기보단 '도착'했기 때문이었다.

665㎞, 33시간, 9명의 사람과 6번의 히치하이킹. 떠나던 순간의 665㎞는 도착하고 돌아보니 여섯 번의 만남이 되어 있었다. 제법 괜찮은 치환이라 생각했다. 버거웠던 숫자가 가벼워지고, 무정의 것이 유정의 것이 되었으니. 바르셀로나로 여행을 가는 것과 바르셀로나로 가는 길을 여행하는 것의 차이가 665와 6의 간극이 아닐까. 그렇듯 점과 점이 아닌 둘 사이의 선을 여행할 수도 있기에 우리는 여행과 여정을 나눈 것이 아닐까.

나는 바르셀로나에 왔지만, 나를 설레게 한 건 바르셀로나가 아니었다.

다시 만나면,
가족

그 모습은 군무를 추는 철새 무리 같기도 하고, 바다의 정어리 떼 같기도 하다. 무리를 지어 다니다가 나의 작은 움직임에도 대형을 펼치며 다 함께 방향을 휙 바꾸는 그들. 뜨거운 물을 받은 욕조에 누워 허공을 유영하는 수증기들을 멍하니 바라본다. 그 움직임을 보고 있노라면, 그들이 알알이 살아 있는 건 아닌가 싶다. 무색무취의 군무. 알맞은 온도와 습도 속에서 노곤한 몸이 한없이 풀어진다. 정말 오랜만에, 집에 온 것 같았다.

집에 온 것 같은 느낌의 이유는 비단 온도나 습도 때문만이 아니었다. 지금 있는 이 바스크^{Basque} 지방에 특별한 애착이 있어서도 아니었다. 그 이유는 이 집의 가족들이 남겨 준 인상印象이었다. 오늘 아침, 나는 바스크에 도착해 마르따를 다시 만났다. 먼 북유럽 도시에서 고작 세 시간을 함께하고, 세 달의 시간을 돌아 맞은 재회였다. 한데 나를 마중 나온 그녀의 가족은 나를 더없이 편안하게 맞아 주었다. 함께한 시간의 길이와 상관없이, 우리는 그저 '오랜만에 만난 친구'일 수 있었다. 그리고 마르따의 가족들과 포옹을 나누던 순간, 나는 이 여행에서 처음으로 나를 증명하지 않아도 된다고 느꼈다.

카우치서핑으로 많은 집을 다니는 동안 사람들은 나를 팔 벌려 맞이해 주었다. 하지만 언제나 처음 보는 사이엔 어쩔 수 없는 일말의 긴장감이 있었고, 나는 내가 어떤 사람인지 증명해야 했다. 내밀한 일상의 공간인 집을 내어 준 이들에게 내가 믿을 만한 사람임을 보여야 했으니. 그런 시간을 지나던 내게 마르따는 가족의 품을 내어 주었다. 가족은 서로가 어떤 사람인지를 증명할 필요가 없는 유일한 관계라 하지 않던가. 그러고 보면 마르따는 카우치서핑을 하는 이도 아니었다. 그저, 다시 만나자던 흔한 마지막 인사가 진심이었던 사람일 뿐.

집에 들어와, 오랜 여행에 지쳤을 나를 위해 욕조에 따듯한 물을 받아 주던 마르따의 남자 친구 우나이Unai가 말했다.

"너의 집이라고 생각해."

수증기의 군무를 바라본다. 마음이 편안하다.

그의 마음속 마다가스카르행 비행기 표는 아직 갈피를 잡지 못한 듯했다. 우리는 그 마음을 가만둔 채, 런던의 오후를 걷고 거리의 음악을 들었다. 멀리 떠도는 마음이 잠시나마 나와 함께 런던에 머물렀음은 제법 낭만이 되었다. 그리고 어느 날 저녁, 그에게서 연락이 왔다. 자신은 파리를 여행하고 있다고. 그는 결국 운명보단 우연을 믿기로 한 모양이다.

chapter 6

운명보단 우연을

런던, 윈저, 브라이튼, 맨체스터,
요크, 에든버러, 배스

도버해협

그녀는 나를 믿지 않았다. 사실 그녀에겐 나를 믿을 이유가 딱히 없었다. 그런 그녀 앞에서 나는 한 그루의 사시나무가 되어 파르르 떨었다. 나의 출신, 전공, 직업, 미래, 가족관계, 부모의 직업, 금전 상황. 나를 낱낱이 파헤치는 그녀의 물음에 나는 홀린 듯이 답했다. 심지어 내게 철학을 전공하면 어떻게 먹고살 수 있냐고 묻는 그녀. 그건 아직 나도 답을 모르는 문제였다. 그런 질문들을 다 묻도록 그녀의 표정은 한 번도 변하지 않았다. 땀 한 방울이 뺨을 따라 흘러내리다, 똑, 바닥에 떨어졌다. 그간 쌓아 온 나의 막연한 자신감도 함께였다.

출입국심사를 하는 그녀와 나 사이엔 하얀 선이 그어져 있었다. 내 몸뚱이는 공항에 발을 딛고 있었으나, '사회적 나'는 아직 도버해협 위에 떠 있는 셈이었다. 나와 함께 비행기에서 내린 모두가 사라지도록 나는 대영제국의 수문장 앞에 서 있었다. 문득, 나폴레옹이 그토록 원했으나 끝끝내 영국으로 넘어오지 못했던 이유를 알 것만 같았다. 나폴레옹과 나는 둘 다 위장이 약하고 도버해협을 넘지 못하는구나 생각할 때, 그녀는 내 여권에 낙인을 찍듯 도장을 찍었다.

"이 도장이 뭔 줄 알아?
다음번엔 제대로 준비되어 있지 않으면
넌 영국으로 들어올 수 없다는 증표야."

참 모진 사람이라 생각했다. 그녀에겐 그저 일이었을 테지만, 괜히 그녀가 미운 건 어쩔 수 없었다. 다음엔 준비되어 있어야 할 거라는 그녀의 말을 뒤로하고, 나는 간신히 하얀 선을 넘어 영국 땅을 밟았다. 수화물 찾는 곳은 텅 비어 있었다. 한참을 돌았을 컨베이어 벨트는 멈춰 있었고, 그 위에는 때 탄 나의 검정 배낭만 덩그러니 있었다. 하마터면 만나지 못하고 한국으로 돌아갈 뻔했다. 그 초라한 상봉이 영국의 시작이었다.

가장
발가벗은 환영

329번지의 파란 문을 두드렸다. 문이 열리고 들어간 곳에, 커다랗고 새하얀 몸의 그가 서 있었다. 발가벗은 채.

　카우치서핑에는 내가 직접 호스트에게 메시지를 보내는 방법 외에도, '공개 여행Public trip'을 올리는 방법이 있다. '내가 이때 여기로 갑니다!'를 공개적으로 알리면, 그 게시물과 나의 프로필을 보고 해당 지역의 호스트들이 연락을 하는 구조다. 절차가 간단한 만큼 쉽게 이루어지지는 않는다. 영국으로 올 때 나는 호스트들에게 메시지를 보낼 여력이 없었다. 그저 여행의 시간이 많이 쌓인 탓도 있었고, 계속해서 카우치서핑을 하면서 메시지를 쓰는 일에 지쳐 버린 탓도 있었다. 그렇기에 큰 기대 없이 퍼블릭 트립을 올렸다. 그런데 얼마 지나지 않아 연락이 왔다.

J는 런던 옆 윈저Windsor에 살았다. 내가 그에게 답장하기를 망설인 것은 그가 런던London에 살지 않기 때문은 아니었다. 그의 프로필을 읽은 후 고민의 시간이 필요했다. 그는 나체주의자Nudist(알몸으로 생활하는 것을 좋아하는 사람)였다. 이 여행에서 나는 새로운 생각과 삶의 방식들을 알아 가고 있었지만 보통 이렇게까지 새롭진 않았다. 경험한 적 없는 새로움은 상상을 자극했다. 사진 속 얼굴과 1미터 94라는 그의 키, 중년의 나이와 직업, 게이라는 성적 정체성, 그리고 나체주의. 그렇게 한 인물의 것이라는 사실만 빼면 연관성이 없는 요소들을 나의 선입견으로 오밀조밀 모아서 하나의 이미지를 만들어 냈다. 그리고 그 이미지는 언제나 옷을 벗고 있었고, 나는 거듭 눈을 돌렸다.

다만, 그와 함께 지냈던 이들의 후기가 나의 선입견과 충돌했다. 나의 상상은 걱정이 앞섰고, 후기는 칭찬이 앞섰다. 모두가 더없이 좋은 사람이라 평하지만 옷은 벗고 있는 이 남자. 그렇게 며칠 동안, 만난 적 없는 J를 마음속에서 부단히 밀고 당겼다. 닷새가 되던 날 나는 그의 초대를 수락했다. 두려움은 막연하나 새로움은 분명하니 그 새로움을 찾아가기로 했다. 솔직히 다른 호스트를 구할 자신이 없었다.

그는 나의 상상보다 더 컸고, 더 하얬다. 점잖게 인사를 건네는 영국의 벌거숭이 신사. 어느 나라의 재봉사들이 임금님에게 그랬듯 이 신사에게도 거짓말을 했던 것일까. 물론 그가 언제나 벗고 있는 건 아니었다. 알몸으로 회사에 가는 것도, 장을 보러 가는 것도 아니었다. 그는 그저 반듯한 정장을 입었다가도, 자신의 공간인 집에 들어오면 허물을 벗듯 모든 옷을 벗었다. 처음에는 요리를 할 때도, 마주 앉아 식사를 할 때도, 뒷마당에서 차를 마실 때도, 함께 소파에 앉아 대화를 할 때도 그의 새하얀 몸이 도드라졌다.

하지만 끼니와 대화를 거듭할수록 옷을 입든 벗든 그의 내면의 모습을 볼 수 있었다. 수많은 이들이 낯선 그의 삶의 방식에도 불구하고 그를 칭찬했던 이유. 영국의 웬만한 식당보다 맛있는 요리를 해 주고, 스포츠카를 몰아 바닷가로 소풍을 데려가 주고, 커다란 집 무엇이든 내어 주고, 피아노 선율로 아침을 열어 주는 것은 가장 중요한 것들이 아니었다. 그는 좋은 대화를 나눌 줄 아는 사람이었다.

우리는 서로 요리를 해 주고, 함께 먹으며 이야기를 나누곤 했다. 나와 다른 그에겐 배울 점이 있었고 그가 던지는 질문들은 생각을 하게 만들었다. 어느 저녁엔 내가 그에게 물었다.

"영국에서 게이로 살아가는 건 어때?

How is it being gay, in Britain?"

그러자 그가 되물었다.

"게이로 살아간다는 게 뭐야? *What is 'being gay'?*"

아차 싶었다. 그의 반문은 '게이다Being gay', '게이가 아니다 Not gay'를 나누던 내 머릿속 경계선을 건드렸다. 나는 그 경계선을 들고 며칠을 고민해야 했다. 서로의 요리 레시피부터 이러한 가치관들까지, 그는 옷을 벗듯 마음을 터놓고 이야기하곤 했고, 나는 그의 옷 대신 생각을 주워 담곤 했다. 그렇게 나를 마주한 나체에 익숙해질 즈음, 문득 옷을 입어야만 한다는 생각도 어쩌면 언젠가부터 주입된 고정관념인지도 모르겠다고 생각했다. 그래서 나는 한 번쯤 경험해 보라는 그의 말에 따라 옷을 벗어 보기도 했는데, 이내 추워서 다시 입었다. 그리고 옷을 입게 된 데에는 꽤 현실적인 이유가 있었다고 혼자 되뇌었다.

◇ ◇ ◇

J의 오토바이 뒷자리에 앉아, 조금 전 일었던 감정은 무엇이었을까 생각했다. 아마 그것은 놀라움 혹은 두려움이었으리라. 그의 애마라던 경주용 오토바이는 거친 숨을 내쉬며 출발했다. 나는 J의 검정 가죽재킷을 움켰다. 바람이 셌다. 우리의 몸은 한 방향으로 달리고 있었지만, 마음은 다른 방향으로 내달리고 있었다.

오늘 아침 우리는 J의 부모님 집에 왔다. 원저의 외진 마을에 빅토리아 양식으로 지어진 주택이었다. 그 집에 주차해 둔 자신의 오토바이를 태워 주겠다는 J의 말을 따라 나선 길이었다. 그의 부모님은 우리와 짧게 인사를 나누고 여행길에 올랐다. J는 부모님이 집을 비우면 온갖 장난을 떠올리는 개구쟁이 같았다. 그는 한껏 들떠 집 이곳저곳을 보여 주었다.

집 뒤로는 커다란 정원이 있었다. 우리는 사방을 울타리가 두르고 있지만 하늘은 막힘없이 트여 있는 정원 한복판에 섰다. 우리 둘을 중심으로 초록 잔디와 파란 하늘만 가득 차 있었다. 비행기 한 대가 먼 하늘을 날고, J는 옷을 벗었다. 그는 이런 비밀스런 정원을 알몸으로 누비는 것만큼 짜릿한 일은 드물다고 말하며 나를 보았다. 즐거운 일에 친구가 동참하기를 바라며 발을 동동 구르는 어린아이 같았다.

"아, 이건 좀 탐이 나는걸?"

나도 옷을 벗고 풀을 밟았다. 우리를 엿볼 수 있는 사람이라곤 하늘 위 비행기의 창가석에 앉은 사람뿐일 것이었다. 차가운 바람이 내 살갗을 만졌다. 마주한 적 없는 것들이 마주하는 순간이었다. 옷이 구속이었던 것은 아니지만, 벗으니 독특한 자유로움이 있었다. 그런데 그때 J의 성기가 마치 나를 가리키듯 발기했다. 잠깐의 정적. J는 알몸일 때는 바람만 불어도 성

기가 설 수 있다고 말하며 나에게 두던 시선을 어색하게 돌렸
다. 그는 부끄러워하는 듯했고, 나는 순간 겁이 났다.

그는 다른 이를 존중하는 사람이었지만, 지금은 그가 얼마
나 좋은 사람인지가 중요한 것이 아니었다. 그저 그는 나보다
모든 게 컸고, 그의 내려다보는 시선 아래 나의 허여멀건 몸은
떨고 있었다. 자유롭다고 느껴지던 정원은 돌연 내가 고립된
공간으로 느껴졌다. 처음이었다. 이성적 판단과 무관하게 느
끼는 두려움. J가 나에게 아무 일도 하지 않을 것을 알면서도
나는 본능적으로 모든 신경을 곤두세울 수밖에 없었다. 어쩌
면 그래서 정원이 더 넓게 느껴졌는지도 모른다.

우리는 옷을 두고 정원을 돌았다. J는 연못과 수풀을 보여
주며 무어라 말했지만, 무엇도 제대로 들리지 않았다. 나는
줄곧 가라앉지 않는 그의 성기를 의식했다. 그도 나를 의식했
지만 바람은 그의 성기를 놓아주지 않는 듯했다. 오래지 않아
나는 옷을 입어야겠다고 말했고, 그는 말을 잇지 못했다. 공
기가 차다는 것이 적당한 핑계가 되어 주어 다행이었다.

오토바이 위에선 바람 소리밖에 들리지 않았다. 조금 전 비
밀스런 정원에서 발가벗고 있던 우리는 각자의 옷을 나부끼며
좁은 길을 달리고 있었다. 나는 J의 커다란 등에 붙어, 등 너
머의 그가 무슨 생각을 하고 있을지 헤아려 보려 했다. 우리는
우리의 비밀로부터 멀리 달아나고 있는 것 같기도 했다. 그렇
게 한참을 달렸고, 우리는 정원의 비밀을 이야기하지 않았다.

그날 이후 우리 사이엔 은근한 거리가 생겼다. 정확히는 내가 그와 거리를 두게 되었다. 제대로 이야기 나누지 않고 넘겨 버린 한순간이 남긴 어찌할 수 없는 불편함이었다. 여전히 우리는 서로 요리를 해 주었고 대화를 나누었지만, 떠나는 날까지 우리는 우리 대화의 사각死角을 건드리지 못했다.

◇ ◇ ◇

그는 중학생 때부터 집에서 옷을 벗기 시작했더랬다. 굿나잇 키스를 하고 부모님이 방을 나가시면 어린 J는 몰래 옷을 벗고 침대에 맨몸으로 눕는 걸 즐겼다. 그래서일까, 이제는 그 일탈이 일상이 된 지금도 그는 옷만 벗으면 이불 속 장난스럽게 미소 짓던 어린 아이가 되는 듯했다. 나는 옷을 입은 J가 좋았다.

내가 떠나기로 한 금요일 아침, J는 출근하고 없었다. 짐을 싸고 빈집에 홀로 앉았다. 문득 첫날 발가벗고 나를 맞던 J를 떠올렸다. 영국에 와서 처음으로 만난 이였다. 신선한 충격으로 시작했지만, 나는 우리 관계를 좋아했다. 정원에서 관계의 불균형이 드러난 후에도. 다만, 그는 내가 그를 좋아하는 것과는 다르게 나를 좋아했고, 관계의 시소가 한쪽으로 쏠리자 나는 모든 것이 조심스러워졌다. 나의 무심한 어떤 언행이 그에겐 기대나 상처가 될까 무서웠다.

그가 집을 비운 사이, 그냥 떠날 수도 있었다. 하지만 우리
의 비밀을, 불균형을, 불편함을 그대로 들고 떠난다면 우리는
정말 영영 남보다 못한 사이가 될 것 같았다. 그러고 싶지는
않았다. 나는 그의 퇴근을 기다렸다. 우리는 어차피 다시 못
볼 사이일 수도 있지만, 이건 우리를 어떻게 기억할지의 문제
였다. 말하지 못했던 것을 말하고 떠나고 싶었다. 정장을 입
은 그가 돌아왔다. 나는 그와 마지막 대화를 나누고 싶어 기
다렸노라 말했고, 그는 그럼 나를 다음 목적지까지 태워다 주
겠다 했다. 그렇게 우리는 옷을 입은 채, 그의 차에 앉아 다시
대화를 나누었다.

나는 정원에서 그의 커다란 몸에 느꼈던 두려움과 관계의
불균형을 말했고, 그는 내가 오랜만에 만난 자신의 이상형이
었다고 말했다. 관계의 불균형은 분명했다. 하지만 우리는 말
하지 않던 비밀을 천천히 꺼내었고, 서로 같은 페이지는 아닐
지라도 서로의 페이지를 확인했다. 나는 이 마지막 대화로써
우리가 아주 멀어지지는 않을 수 있지 않을까 생각했다. 이로
써 우리는 언젠가 다시 친구로 만날 수 있지 않을까. 언젠가
옷을 입거나 벗은 채로. 윈저를 떠나며 나는 그렇게 우리 이야
기가 제법 해피엔딩이길 바랐다.

가족이라는
이름

한동안 읽고 싶어만 하던 책이 있었다. 어느 가을날, 나는 안
방 책장에서 그 책을 찾았다. 누렇게 빛이 바랜 책은 잔뜩 울
어 있었다. 깊이 팬 주름만큼 여실한 그 세월의 흔적에 문득
호기심이 당겼다. 이 책에게도 새것이던 시절이 있었을 터였
다. 나는 의자에 앉아 책을 펴고, 오래된 문장들을 읽었다. 파
삭한 종이들이 넘어가며 켜켜이 쌓인 세월의 내음을 풍겼다.

그러다 문득, 종이 위에 눌러 적은 글씨들을 만났다. 아빠의
글씨였다. 정확히는 자신의 삶에 몰두하고 있었을 젊은 청년
의 글씨였다. 새 책과 청년, 언젠가 이 두 젊음은 열띠게 서로
를 밀고 당겼을 것이다. 낯설었다. 세월은 많은 것을 쌓고도,
말은 많지 않아서, 나는 아빠라는 이름 아래 쌓여 온 시간들
을 들어 본 적이 없었다. 물론 내가 그 시간을 물은 적도 없었
다. 내게 아빠는 '아빠'라는 이름만으로도 벅찼으니. 그러다 우

연히 찾은 빛바랜 책에서 나는 그 시간을 엿본 것이다. 오래지 않아 그 책을 덮었을 때, 맡아 본 적 없는 아빠의 냄새가 났다.

런던에서 사흘은 사촌 형과 머물렀다. 그도 유럽을 여행 중이었고, 내가 런던에 있을 즈음 마침 그도 런던의 친구 집에 머무르고 있었다. 우리는 만나서 커다란 버거를 먹었고, 자전거를 빌려 런던을 돌아다녔고, 이따금 집 앞 공원에 나가 축구를 했다. 그리고 그제야 나는, 그가 어떤 음식을 좋아하는지, 삶의 템포가 빠른지 느린지, 운동을 즐기는지를 모른다는 걸 느꼈다. 나는 그를 몰랐고, 그도 그러했을 것이다. 우리는 서로에게 그저 형이요, 동생이었다. 그 단단하고도 추상적인 관계의 틀 아래 우리는 서로를 궁금해할 필요를 느끼지 못해 왔으리라. 문득 가족이라는 이름 아래, 얼마나 많은 무지가 허용되는지를 느꼈다.

그리고 어느 오후 녘에 우리는 공원 벤치에 나란히 앉았다. 그가 나를 보며 당신의 생각들을 이야기했고, 나는 처음으로 그를 들었다. 우리에게 이런 오후는 많지 않을 것이다. 물론 우리는 오후가 있어야 가족인 게 아니다. 다만, 이 오후는 내 안에 제법 오래 머무를지도 모르겠다. 오래된 책 속 아빠의 내음이 그러했듯이.

중년의
덴마크 친구

런던에서는 카우치서핑이 쉽지 않았다. 매일 달라지는 가장 싼 호스텔을 찾아다니며 나는 런던을 배회했다. 하루는 호스텔 6인실을 홀로 쓰는 호사를 누리게 되었다. 노래를 크게 틀어 놓고 샤워를 하고, 윗옷을 입지 않은 채 어둠이 내린 창밖 거리를 구경했다.

뜻하지 않게 호사를 만나면, 정작 그것을 누리는 방법을 모를 때가 있다. 먹는 법을 모르는 별미처럼. 그럴 때면 난 호사를 만끽할 방법을 궁리하다, 그럴싸한 것들을 시도해 보곤 했다. 샤워 후 윗옷을 입지 않고 있는 것도 왠지 여행 중 혼자일 때만 할 수 있는 일 같았다. 하지만 금세 한기가 들어 그냥 옷을 입었다. 그리고 보니 6인실을 혼자 쓰는 것은 흔치 않은 호사였지만, 누릴 것도 딱히 없는 호사였다. 결국 나는 불을 끄고 여섯 개 중 한 침대에 누웠다.

드르륵 탁, 덜커덕. 불 꺼진 방 구석구석에 나의 잡념들만 채우고 있던 때, 누군가 내 방문을 열었다. 그는 어둠 속에서 자고 있을 누군가를 배려하기 위해 불을 켜지 않는 대신, 이곳 저곳에 부딪히며 자신이 왔음을 부단히 알렸다. 그 보이지 않는 끙끙댐을 듣다가 내가 말했다.

"불 켜도 돼요, 나밖에 없어요."
"아, 미안해요."

그는 자신의 배려가 뜻대로 되지 않았음을 아쉬워하며 불을 켰다. 짙은 갈색의 코르덴 정장을 빼입은 중년 남자가 미안한 표정을 하고 서서 땀이 맺힌 이마를 닦고 있었다. 나는 부스스 일어났고, 그는 배시시 웃으며 인사했다. 우연한 호사 끝에 찾아온 우연한 손님이었다.

다음 날 우리는 함께 테이트모던 앞 정원에 앉았다. 지난밤 한참을 대화하도록 서로의 이름을 묻지 않아, 우리는 그제야 서로의 이름을 물었다. 데이비드David는 휴가 중이었다. 어젯밤에 본 공연 말고는 그도 아무런 계획이 없었기에, 그는 무엇도 안 한다는 나의 하루에 동참했다. 바람은 선선했고, 우리는 쉽게 친구가 되었다. 그는 사십 대였고 나는 이십 대였지만, 우리는 그저 데이비드와 도영일 수 있었다. 마주 앉은 우리는 위아래를 나눌 필요 없이, 템스강변에 서로의 이야기들을 띄웠다.

       "나는 마다가스카르Madagascar로 갈까 싶어."

   잔잔하게 이야기를 나누던 중, 덴마크에서 자라고 한없이 단조로운 그린란드에서 일하던 그의 인생 서사는 돌연 마다가스카르로 향했다. 나는 햇빛 아래서 마신 맥주가 빚어낸 알딸딸함을 의심했다.

       "그…, 아프리카 마다가스카르?"

   참으로 많은 여행을 여행이 아닌 것처럼 보이게 만드는 이름이었다. 그곳에 비한다면 런던에 앉아 있는 나는 아직 길을 나서지 않은 듯했다. 이 중년의 덴마크 남자가 북방의 끝에서 남쪽 끝으로 향하려는 이유는 무얼까. 나는 결심의 이유를 물었다.

       "운명의 여자를 만날 것 같아."

   열심히 핸드폰을 만지작거리던 그는 데이트 어플에서 만났다는 마다가스카르의 여인을 내게 보여 주었다. 새하얀 이를 드러내며 카메라를 향해 웃고 있는 여인. 마다가스카르가 추상적인 꼭 그만큼 추상적인 사진이었다. 만난 적이 있냐는 나의 물음에 그는 만나기 위해 가 보려 한다고 답했다. 나는 런던에서 마다가스카르까지 사진 속 여인을 찾아가는 그 마음이 낭만인지 공상인지 헷갈렸다. 어쩌면 둘은 크게 다르지 않은지도.

"굉장히 멀리 있는 운명이네."

내 말에 그는 엷게 웃으며 사진 속 여인을 다시 바라보았다. 나는 그의 선택에 대해 어떠한 말도 할 이유가 없었다. 그저 좋은 휴가가 되었으면 좋겠다고 말할 뿐. 다만 아직 끊지도 않았다는 그의 마음 속 마다가스카르행 비행기 표는 저 스스로도 갈피를 잡지 못하고 팔랑거리는 듯했다. 우리는 그 마음을 가만 두고, 런던의 오후를 걷고 거리의 음악을 들었다. 마다가스카르까지의 거리를 상상하는 일 말고는 부담스러울 것 없던 하루. 그 멀리 떠도는 마음이 잠시나마 나와 함께 런던에 머물렀음은 나에겐 제법 낭만이 되었다.

시간이 지난 어느 날 저녁, 그에게서 연락이 왔다. 자신은 파리Paris를 여행하고 있다고. 그는 결국 운명보단 우연을 믿기로 한 모양이다.

소란

목욕탕의 도시라는 영국 배스Bath의 길 가운데에는 벤치가 여럿 놓여 있다. 나는 종종 그 벤치에 가만 앉았다. 사람들이 쉼없이 오가는 거리 한가운데에 앉아 있으면 보이고 들리는 것들이 달랐다. 마치 어느 가을 아침, 창으로 들어온 빛 아래 허공을 부유하는 작은 먼지들을 마주하는 것처럼. 항상 함께 있었지만 만난 적 없는 것들. 걷고 뛰며 무심히 스치던 것들. 지나는 사람들과 자잘한 소음들, 빛과 그림자의 각도가 조금씩하지만 계속 변하는 것을 느끼다 보면 문득, 이러한 소란들이 그리울지도 모르겠다는 생각이 든다.

땅만 바라보고 있는 악사가 허공에 띄우는 거리의 음악, 갑자기 서로를 잡겠다며 뛰어노는 아이들의 높은 웃음소리, 지나는 사람들의 섞이지 않는 대화들, 스치는 발소리들과 주머니에서 서로 부딪는 동전 소리들. 멀지 않은 곳에서는 갈매기가 울고, 한참을 말없이 함께 앉아 있는 할아버지의 구두와 지팡이가 천천히 리듬을 탄다. 일관된 것은 하나도 없지만 너무나 태연한 공존. 가득한 무엇인가가 나를 품고 있는 느낌. 분명 내가 담겨 있던 일상에도 존재할 테지만 가만 집중해 본 적 없는 느낌이었다.

꽤 멀리, 꽤 오래 떠나오고서야 지각한다. 여기까지 오지 않아도 느낄 수 있는 삶의 소리들이었을 텐데, 왜 나는 여기까지 오지 않고는 느끼지 못했을까.

249

동행

어쩌다가 우리는 같이 여행을 하자 했던가.

◇ ◇ ◇

민은 영국 브라이튼Brighton에서 공부를 하고 있었다. 우리는 일 년 전 대외 활동에서 만났다. 서로 잘 알지는 못했다. 다만 막연히 서로 닮은 구석이 있다고 생각은 했던 것 같다. 내 여행이 시작된 후로 민은 이따금 나의 생존 여부를 물었고, 나는 살아서 영국에 도착했다. 그리고 영국에 도착한 지 꼭 한 달 만에 우리는 같이 여행하면 좋겠던 말을 실현하기로 했다. 지나가듯 한 말을 잘 지나치지 못하는 게 우리의 닮은 점인 듯했다.

그는 나의 생존기 중 히치하이킹에 가장 관심을 가졌다. 히치하이킹을 해 보겠다고 고속도로까지 걸어갔다가 경찰차를 탄 이야기는 구미가 당기지는 않아도 흥미롭긴 했을 터였다. 그리고 그의 호기심과 나의 무관심이 만나, 우리는 덜컥 히치하이킹으로 영국을 일주하기로 했다. 계획은 그저 북으로 가는 것과 큰 도시에서 큰 도시로 이동하는 것뿐.

우리는 선글라스를 끼고 나란히 브라이튼 외곽의 버스 정류장에 앉았다. 테스코TESCO에서 2파운드Pound(3000원 가량)로 장만한 머핀과 우유, 감자칩을 먹었다. 몇 대의 버스가 지나가고 몇 명의 사람들이 지나가도록 우리는 입만 오물거렸다. 입이 음식을 씹을 동안 머리는 오만 생각을 곱씹었다. 왜 또 하기로 했을까. 항상 첫 번째 엄지를 들기까지 갈팡질팡하는 마음을 다잡는 것이 중요한 일이었다. 그래도 지금은 엄지를 맞들 동행이 있으니 수많은 차들 앞에서 외롭진 않을 것이라 생각하며 일어났다.

"북으로 가자."

◇ ◇ ◇

말없이 차창 너머로 수많은 사람들과 눈을 맞추고 있노라면 갖은 짐작이 시작된다. 누가 태워 줄 것 같은지, 누가 먼 길을 갈 것 같은지, 누가 대도시로 가고 누가 작은 마을로 갈 것 같은지. 이렇듯 근거 없는 짐작을 해 보는 일은 관상가라도 되는 척하며 우리를 태워 주지 않는 이들에 대한 헛헛한 마음을 달래어 보는 일이기도 했다.

옥스퍼드Oxford에서 맨체스터Manchester로 가는 길, 우리는 휴게소 입구에 제법 오래 서 있었다. 퇴근하는 휴게소 직원들과 눈인사를 하기도 하고, 트럭 짐칸에 타고 불법 입국했다는 흑인 남자 두 명이 브로커(?)와 연락할 수 있도록 핸드폰을 빌려 주고 서로의 무운을 빌며 인사하기도 했다. 며칠 뒤 브로커에게서 그들을 찾는 전화가 온 것으로 보아 그들의 만남은 성사되지 못한 듯했다.

그렇게 길에 서 있는 시간이 어느 정도 쌓였을 즈음, 나는 민에게, 혼자 운전 중인 여성은 잘 멈추지 않는 것 같다고 말했다. 아무래도 우리는 생물학적 남성 둘이고, 이방인이었으니. 유난히 오늘따라 홀로 운전하는 여성이 많았고, 멈추는 차가 없기도 했다. 그런데 그 말을 한 뒤로 몇 번을 우리는 홀로 운전하는 여성의 차에만 올랐다.

처음엔 한 중년 여성이 런던에서 일을 일찍 마치고 퇴근하는 길에 우리를 보니 두 아들이 생각났다며 멈추었다. 어릴 적 자신도 히치하이킹을 했었다는 그녀는 자신의 경험들을 반추하며 처음 본 우리에게 친근감을 느끼는 듯했다. 그녀가 내려 준 휴게소에서는 또 다른 여성이 우리를 태워 주었다. 그녀는 주유를 하고 있었고, 내가 다가갔다. 그녀는 불안한 표정이었지만, 잠깐의 대화 후에 우리를 태워 주었다. 우리는 그녀가 처음으로 태워 본 히치하이커였다. 내리기 전, 나는 그녀에게 낯선 이방인 둘을 태워 준 이유를 물었다. 그녀는 내심 무서웠지만, 나쁜 사람들 같지는 않아 도와주지 않을 이유도 없을 것 같았다고 말했다.

얄팍한 짐작 후의 부끄러움은 나의 몫이었다. 그 후로 나는 운전자와 눈을 맞추며 되도록 아무런 짐작도 하지 않았다. 도움을 청하는 낯선 이를 위해 멈추는 데는 성별도 생김도 사람 수도 상관이 없었다.

◇ ◇ ◇

밤비가 내리고 있었다. 지붕을 따라 처마 끝에 모인 빗방울은 바닥으로 떨어졌다가 튀어 올라 이따금 우리의 볼을 적셨다. 용도를 모르는 건물 처마 밑 시멘트 바닥이 오늘 밤 우리의 잠자리였다. 바닥의 냉기 탓인지 바람을 따라 드는 빗방울 때문인지 실소가 터져 나왔다. 차갑고 축축한 이 밤, 우리 것은 아무것도 없는 것 같기도 했고, 어쩐지 밤이 모두 우리의 것 같다고 착각해 보기도 했다.

민과 나의 가장 중요한 공통점은 '아껴야 한다'는 생각이었다. 대형마트 테스코는 오후 6시가 지나면 'Reduced^{할인}' 딱지를 붙여 물건을 할인가에 내놓았다. 우리는 대체로 그 시간에 장을 봤다. 하루는 동네 할아버지들과 함께 할인 딱지가 붙여지는 현장에 마치 연예인 팬 사인회를 기다리듯 줄을 서 있었다. 맨 앞의 할아버지는 양질의 할인 소고기를 얻었다. 우리는 배고픈 미어캣처럼 목을 쭉 빼고 다음 아이템을 기다렸다. 그런데 우리 눈빛이 어지간히 간절했는지, 그 할아버지께서 친히 우리를 훑으사, 소고기를 우리에게 하사하시는 것이 아닌가. 우리의 여행에서 가장 짜릿한 순간 중 하나였다. 2유로도 안 되는 그 소고기 한 팩은 반찬이 되고, 파스타가 되고, 볶음밥이 되었다.

히치하이킹을 하고 도시락을 만들어 먹었지만, 최고 난관은 숙박이었다. 두 명인 우리를 받아 주는 카우치서퍼는 거의 없었고, 호스텔은 하나같이 비쌌다. 그나마 맨체스터에서는 영어 교사를 하러 한국에 갈 예정인 제임스James가 우리를 재워 주고 있었다. 그와 머문 지 삼 일째 되던 저녁, 그가 우리를 더 이상 재워 줄 수 없다고 하면서 우린 영국의 낙동강 오리알이 되었다. 뒤늦게 호스텔 가격을 찾아본 우리는 서로의 얼굴을 쳐다보았고, 말없이 고개를 저었다. 이렇듯 숙소가 없는 밤이면 떠오르는 가장 안전한 천장은 카지노였다.

굳이 따지자면 프라하에서 시작된 습관이었다. 숙소가 터무니없이 비싼 날이면 나는 어딘가에서 안전하게 밤을 새고, 해가 뜨면 아무도 돈을 내라 하지 않는 공터에서 햇빛을 덮고 잠드는 방법을 택했다. 브라이튼에는 세븐시스터즈Seven sisters가 있었다. 남쪽 해안을 따라 늘어서 있는 거대하고 새하얀 일곱 절벽. 값싼 숙소는 너무 쉽게 사라지곤 했지만, 그 절벽은 항상 같은 자리에 있었다.

브라이튼에서 숙소를 구하지 못한 날이면, 나는 카지노에서 멍하니 밤을 새고 동이 틀 때 버스 하루권을 끊어 세븐시스터즈로 향했다. 사람들이 주로 향하는 절벽 위가 아닌 절벽 아래에는 부드럽고 커다란 자갈들이 깔려 있었다. 나는 일곱 자매들 중 둘째와 셋째 절벽 사이의 움푹 들어간 곳 한쪽 구석에 누웠다. 그곳은 사람들이 잘 다니지 않았고, 다닌다 해도 나를 쉬이 발견할 수 없는 곳이었다. 해가 뜨면 점차 자갈들이 데워졌고, 그곳은 이불도 필요 없이 포근한 온돌방이 되었다. 남부러울 것 없는 나만의 공짜 숙소였다.

오늘도 이 어두운 밤만 잘 난다면 어딘가에 몸을 누일 곳은 있으리라. 우리는 맨체스터 카지노에 짐을 맡기고 들어왔다. 각자 딱 십 파운드씩을 꺼내 들고 있었다. 오늘 아낄 숙박비이기도 했고, 이곳에 머무를 정당성이기도 했다. 물론 혹시 모를 일확천금을 위한 종잣돈이 될지도 모르는 일이었다. 이곳은 그러한 상상을 부추기는 곳이 아니던가.

그리고 단 두 시간 만에 우리의 이십 파운드는 이백 파운드로 불어나 있었다. 우리가 비상한 머리로 카지노를 이긴 것은 아니었다. 다만, 이 게임의 논리를 이해해 버린 것 같은 착각에 우린 분명 상기되어 있었다. 동공이 확장되고 심박이 빨라졌다. 우리는 서로를 잠시 쳐다보았고, 나는 이십 파운드짜리 감자튀김이라도 시켜 먹어야 하지 않겠냐고 말했다. 하지만 치솟는 숫자에 마취당한 그 순간의 우리에겐 감자튀김을 위한 여유가 없었다.

이십 분이었다. 열 배라는 위업을 달성한 지 이십 분 만에 우리는 오랜 옛날 악마의 숫자로 불렸다는 '0'을 마주했다. 분명 민과 나는 논리로 무장하고 있었다. 그리고 그 논리를 믿었기에 벌었던 것보다도 쉽게 잃었다. 매번 그저 새로운 확률일 뿐인 판에서 우리가 세운 논리는 '이건 말도 안 돼'라는 말만 반복할 뿐이었다. 지갑은 10파운드를 잃었고, 마음은 100파운드를 잃었다. 우리는 관성을 못 이겨 아직도 저 혼자 벌떡이는 심장을 들고 바 쪽 테이블에 앉았다. 지나간 도박은 복기가 무용하다는 것을 느낄 때쯤 심장은 잦아들었다.

서로의 허망함에 해줄 말이 없었던 우리는 반성이라도 하듯 고개를 숙이고 잠이 들었다. 머리는 일정한 속도와 각도로 방아를 찧고 있었다. 그때 보이지 않는 손이 나를 밀쳐 균형을 무너뜨렸다.

"여긴 잠자는 곳이 아니야. 잘 거면 나가."

검은 정장을 입은 가드가 내 뒤를 지나가고 있었다. 그가 나를 밀친 강도에서 그의 진지함이 느껴졌다. 그는 내가 돈을 쓸 때는 나를 지켜 주는 존재였지만, 지금은 당장이라도 나를 밖으로 집어던질 수 있을 것 같았다. 나는 마음속으로 손님의 권리 따위를 내세우며 좀 졸아도 되는 게 아닌가 생각했다. 다만, 멀찍이서 나를 계속 응시하는 가드와 눈이 마주치고 나면, 돈이 없으면 권리도 없음을 수긍했다. 결국 우리는 쫓겨나기 전에 우리 발로 나왔다. 우리가 이곳에서 챙길 수 있는 마지막 당당함인 듯했다.

허기가 졌다. 우리는 카지노 앞 길바닥에 퍼질러 앉아 손바닥만 한 감자칩 두 봉을 먹었다. 이제 식량배낭에 남은 거라곤 떨이로 샀던 토르티야와 땅콩버터뿐이었다. 배고픔은 창의성을 허락했고, 우리는 눅진 토르티야까지 돌돌 말아 땅콩버터에 찍어 먹었다. 카지노를 들락거리는 차들의 헤드라이트를 맞아 가며 주린 배를 달래고 있자니, 문득 따끈한 감자튀김이 머리를 스쳤다. 아직 한 푼이라도 남았을 때 정신을 차렸더라면 우리 배 속에 감자튀김이라도 남아 있었을 텐데. 괜한 아쉬움이 짙어지려 할 때, 비가 내리기 시작해 우리는 자리를 떠야 했다.

한참 빗속을 걸어 찾은 곳이 'Boroughton Hub'라 적힌 이 낯선 건물의 처마 밑이었다. 이미 깊어 버린 밤, 달리 어디서 어떻게 잘 수 있을지 방도가 떠오르지 않았다. 아무 집이나 벨을 누르고 하룻밤 재워 줄 수 있는지를 물어볼 자신도 없었다. 그래서 막연히 빗속을 걷다 보니 어느새 우리는 원초적인 숙소를 찾고 있었다. 적을 막을 울타리와 비를 막을 천장. 울타리가 둘러진 이 건물 처마로 들어온 것도 그 때문이었다.

어둠이 내린 골목엔 아무도 없었고, 밤비는 우리를 가리는 커튼이 되어 주었다. 괴한이든 경찰이든 우리를 발견하진 못할 듯했다. 눅눅한 박스를 깔고, 각자의 침낭 속에 들어가 눈 코입만 빼꼼 내놓았다. 짐짓 비장했다. 그러다 문득, 우린 오늘의 마지막으로 서로를 쳐다보았다.

"우리 살아서 눈뜰 수 있겠지?"

우리는 한참을 웃었다. 코끝이 시렸고, 빗소리가 적당했다. 그리고 감은 줄 몰랐던 눈을 떴을 땐 아침이었다. 건물 관리인이 오늘 하루와 이곳저곳의 철문을 열고 있었다. 간밤을 지나온 우리의 모습이 우리 눈에 너무 잘 보이는 것은 제법 부끄러웠다. 더 부끄러운 것은 관리인이 우리를 빤히 보면서도 아무런 말도 하지 않았다는 것이다. 마치 노숙인을 한두 번 본 게 아니라는 듯한 그의 덤덤한 표정엔 연민 같은 게 묻어 있는 것 같았다. 하지만 기분은 상쾌했다. 우리는 살아서 눈을 떴고, 생애 첫 노숙을 하고 조금 어른이 된 것 같기도 했다. 어른이 된다면 노숙할 일은 적었으면 하지만.

◇ ◇ ◇

점심까지도 내리 비가 내렸다. 우리는 대형마트의 처마 밑 의자에 앉아 닭다리구이를 먹고 있었다. 비어 버린 식량가방을 채우러 들어간 마트에서 구한 오늘의 메인 요리였다. 할인품들 틈에 끼어 있던 닭다리에는 어찌 된 영문인지 할인된 방울토마토 가격이 붙어 있었다. 닭다리 10개에 38펜스(600원 가량). 무언가 '우연'히 '잘못'된 것 같았지만, 우리는 우연에 집중하기로 했다. 카지노에서 잃었던 운이 여기에 숨어 있던 것이리라. 그렇게 우리는 하염없이 내리는 비를 바라보며 한참, 38펜스를 먹었다.

하늘이 울다 지쳐 잠시 쉬고 있을 때, 서둘러 히치하이킹을 시작했다. 오늘은 요크York로 가야 했다. 구글 지도로 미리 봐 두었던 장소에는 인도와 차도 사이에 난간이 있었다. 하는 수 없이 그 옆의 주유소에서 히치하이킹을 하려 했으나, 채 한 명에게 묻기도 전에 직원에게 쫓겨났다. 남은 선택지는 주유소와 난간 사이의 애매한 공간뿐이었다. 오늘은 날이 안 좋다.

빠아아앙―

그 애매한 위치에 서 있은 지 얼마나 됐을까. 길 건너편에서 밴 하나가 격하게 경적을 울렸다. 그 밴은 여러 차들 속에서 혼자 영화를 찍는 듯 지나치게 빨랐다. 운전자는 창문을 내리고 우리 쪽 어딘가에 손가락질을 하며 빠르게 지나갔다. 우리는 저 밴이 저 앞의 신호등에서 U턴을 해서 돌아오지 않을까 하는 기대를 갖고 바라보았다. 하지만 그는 빠르게 우회전을 하더니 사라졌다. 그 손짓은 무엇이었을까. 어쩌면 괜히 시비를 걸고 지나가는 그런 차들 중 하나였는지도 모르겠다고 생각했다.

머쓱하게 입맛을 다시며 다시 엄지를 들고 있을 때, 조금 전 그 밴이 다른 골목에서 엄청난 속도로 다시 나타나더니 우리 옆 주유소에 급정거했다. 우리를 위해 멈춘 게 맞는지도 확신이 없었다. 영화라면 갑자기 멈춘 그 차에서 불이나 연기가 나야 할 것만 같았다. 그러나 대신 그 안에서는 여전히 흥분을 가라앉히지 못한 음악 소리가 새어 나오고 있었다. 음악 때문에 차가 흔들리고 있는 것 같기도 했다. 조수석 문을 열자, 터질 듯 들어차 있던 음악이 쏟아져 나왔다. 그 육중한 음악 소리를 헤치기 위해 난 소리를 질러야 했다.

"두 명인데 괜찮나요?"

그러자 음악이 뚝 그치고, 아저씨는 질문 같지도 않은 걸 묻는다는 얼굴로 운전석 옆자리를 가리키며 말했다.

"여기 두 자리 있잖아!"

　그렇게 토니Tony 아저씨를 만났다. 그는 평범한 사람이었지만, 그와 함께한 시간은 경이로운 구석이 있었다. 그건 아마도 그의 일상의 모든 게이지가 최대치로 설정되어 있기 때문인 듯했다. 그가 등장하던 때처럼 그는 흡사 영화 〈매드맥스〉의 주인공처럼 운전을 했고, 청력의 새로운 경지를 열어 버릴 정도로 크게 음악을 들었으며, 그 음악 속에서 항상 소리를 지르듯 말했다. 유일하게 게이지가 가득 차 있지 않은 것은 그의 치아뿐인 듯했다. 이따금 호탕하게 웃을 때 그의 치아는 썩거나 빠져 듬성듬성 보였다. 초콜릿을 너무 좋아하여 어쩔 수 없었다며 웃는 토니 아저씨.

　대부분의 과함을 싫어하는 나였지만, 이 사람은 왠지 과함 속에 농익은 순박함이 느껴져 싫어할 수 없었다. 음악을 이렇게 틀지 않으면 운전할 맛이 나지 않는다는 운전자에게 내가 무어라 말하겠는가. 나는 그의 과함에 하릴없이 몸을 맡겼고, 조용함이 아닌 압도적 시끄러움 속 몽롱함을 느꼈다. 모든 게 빠르고 모든 게 컸던 그 밴은 평범했지만 분명 바깥세상과 달랐다.

　밴은 다시 한 번 요크에 급정거했다. 화물칸에 실어 두었던 짐은 심한 멀미라도 한 듯 널브러져 있었다. 그 처지를 모르는 것이 아니기에, 잘 챙겨 주었다. 인사는 짧았다. 다만 바로 떠날 것 같던 그가 페이스북을 한다는 말에 우리는 갑작스레 페이스북 친구가 되었다. 그리고 그는 나타날 때 그러했던 것처럼 '토니스럽게' 사라졌다. 육중한 음악이 멀어지고 우리는 보도에 주저앉아 얼빠진 심신을 찬찬히 가다듬었다. 아직도 귓가엔 그와 함께한 시간이 웅웅거리고 있었다.

◇ ◇ ◇

민과 내가 함께 여행을 하기로 하며 정한 단 하나의 원칙은 그날 일은 그날 얘기하는 것이었다. 비단 여행뿐 아니라 사람과 사람이 함께할 때면 이 단순한 원칙이 중요했다. 마음에 생긴 티끌을 괜찮다고 생각하며 넘기면, 그것은 언제나 자신도 모르게 곪아서 커지곤 했다. 그렇듯 서로의 마음이 곪지 않도록, 관계에 감정의 골이 생기지 않도록 했던 약속이었다. 그리고 우리는 그 약속을 지키고자, 매일 밤 맥주잔과 함께 서로의 주장과 불만을 부딪쳐야 했다.

대체로 사소한 것들이었다. 하지만 신기하게도 사소한 차이 속에서 자신을 변호하다 보면 어느새 이는 본질적인 문제처럼 변하곤 했다. 가령 민과 나는 아침을 시작하는 방식이 조금 달랐다. 우리가 9시에 출발하기로 했다면, 민은 8시 20분에 일어나 40분간 천천히 준비를 하고 나가는 타입이었다. 반면 나는 8시 50분까지 잠을 더 자고 10분간 대충 준비를 하고 나서곤 했다. 민에겐 여유로운 준비가, 나에겐 최대한의 늦잠이 중요한 셈이었다. 만약 이러한 상황을 두고 "자, 이 둘은 어떻게 해야 할까요?"라고 묻는 시험이 있었다면, 너무도 쉽게 서로를 존중하여 각자의 방식대로 준비하고 9시에 함께 출발한다고 대답할 수도 있었을 것이다. 하지만 상황이란, 안과 밖의 사정이 너무도 다르지 않던가.

민은 항상 자신이 먼저 일어나 준비하고 깨워야 하는 것이 싫었고, 나는 준비할 것이 없음에도 나의 알람이 울리기 전에 나를 깨우는 것이 싫었다. 나는 내가 알아서 일어나게 두면 안 되는지를 물었고, 그는 내가 좀 일찍 일어나면 안 되는지를 물었다. 이는 점차 가치관의 문제로까지 번졌고, 그러면 우리는 아침 30분을 가지고 저녁 3시간을 다툴 수 있었다. 일어나는 시간이 달라 서로를 이해하지 못한다는 건 참으로 인간스러운 일이 아닐까. 그렇듯 열기와 함께 맥주의 취기가 알딸딸하게 오르면, 우리는 함께 먹은 식탁과 그날 하루를 정리했다.

대부분의 문제에 정답은 없었다. 그렇기에 저녁의 대화는 문제를 해결하는 자리가 아니었다. 그저 서로의 마음에 티끌이 있음을 함께 보는 일일 뿐. 그렇게 하면 적어도 우리 마음이 남몰래 곪는 일은 없었고, 여행은 위태하더라도 계속되었다.

"얇게 자주 부딪치자. 깊게 마음 상하지 않도록."

너무 잦긴 했다.

◇◇◇

서늘한 공기가 볼에 닿았다. 멀리서 어떤 안내방송인가가 들려왔다. 눈을 뜨면서 잠깐, 내가 왜 어디에 있는지를 생각했다. 내 옆에는 웬 정장을 입은 남자가 자신의 짐을 선반 위로 올리고 있었다. 순간 전원이 켜지듯 정신이 들었고, 불안한 기분이 척수를 따라 온몸에 퍼졌다.

나는 열차 안에서 잠이 덜 깬 몸뚱이를 황황히 움직이며 지금이 무슨 역인지를 확인하려 했다. 그사이 민도 부스스 일어났고, 짐을 넣던 남자는 이곳이 뉴캐슬역이라고 말해 주었다. 아차, 우리는 내려야 했다. 허둥지둥 짐들을 챙겨 문 앞에 섰을 때, 열차는 바람 빠지는 소리를 내며 문을 닫아 버렸다. 꿈인 것도 같았다. 아직 열차가 빠르지 않으니 문 옆의 비상 정지 장치를 누르면 내릴 수 있지 않을까. 마음만큼은 비상이었다.

처음부터 기차를 타려던 건 아니었다. 여느 때처럼 우린 요크에서 히치하이킹을 하려 했다. 오랜만에 우리를 받아 주겠다는 카우치서퍼가 뉴캐슬 어폰 타인Newcastle upon Tyne에 있었다. 짧지는 않은 거리였기에 우리는 아침 일찍 도로로 나섰다. 생각보다 요크엔 히치하이킹이 마땅한 장소가 없었기에, 몇 번이나 장소를 옮겼지만 차들은 멈추지 않았다. 설상가상으로 민의 상태가 좋지 않았다. 세 번째 장소로 이동했을 즈음 그는 머리를 싸매고 바닥에 주저앉았다. 홀로 히치하이킹을 하는 날 보고 한 아주머니가 다가왔었지만, 데려가야 하는 친구가 있다며 민을 가리키자 그녀는 어쩔 수 없겠다며 멀어졌다.

해가 기울어도 요크를 나서는 문은 열리지 않았다. 나도 민 옆에 주저앉았다. 표류 중인 2인승 배를 홀로 몰아가야 한다는 부담감에 나는 더 열심이었고, 그래서 더 빠르게 지쳤다. 괜스레 그가 원망스럽기도 했다. 아무래도 갈 수 없을 것 같다는 생각이 스멀스멀 기어올랐지만, 히치하이킹을 포기하고 싶진 않았다. 포기한다면 지금까지 잘 이어 온 우리 여행의 정체성을 잃을 듯했다. 그러다 문득, 몸이 안 좋다는 친구를 낯선 차에 싣고자 최선을 다한 것이 무정한 나의 욕심과 책임의식 같았다. 고개를 숙이고 있던 민은 히치하이킹을 하지 말까 하는 나의 물음에 잠깐 고개를 들었다.

결국 우리가 다시 한참을 걸어 기차역에 닿았을 땐 해가 저물고 있었다. 떨떠름한 뒷맛이 남았지만, 함께 가는 길이고 기다리는 사람이 있는 길이니 오늘은 포기를 선택했다. 그렇게 오른 열차에서 우린 기절하듯 잠에 들었고, 뉴캐슬에 내리지 못한 것이다. 열차는 이제 어둠 속을 달리고 있었다. 우리는 지도에서 점점 멀어지는 뉴캐슬을 어쩌지 못한 채 바라만 보았다. 돌아가는 열차는 없었고 들어 본 적 없는 다음 역에는 아무 숙소도 없었다. 그리고 의도하진 않았지만 우리는 이제 무임승차 중이었다.

　나는 스위스에서 밀라노로 가던 열차에서 그랬듯, 검표원을 찾아갔다. 백발의 검표원은 차분히 우리의 사연을 들었다. 북으로 달리는 이 열차의 종착역은 에든버러Edinburgh였다. 우리는 그에게 에든버러의 값싼 숙소에서 하룻밤을 보내고 뉴캐슬로 돌아오는 것이 우리의 유일한 선택지일 것 같다고 말했다. 이야기를 다 들은 그는 대뜸 종이와 펜을 꺼내더니 무언가를 적어 나갔다. 다 적은 그 종이 위엔 다음 날 뉴캐슬로 향하는 열차의 검표원에게 쓰는 편지가 적혀 있었다. 그는 우리의 사연을 적고, 자신이 우리를 보증하니 돌아가는 열차에 태워 달라는 글의 끝에 서명을 했다. 걱정 말라는 한마디와 함께 받아든 편지는 묵직했다. 참으로 난데없이 따뜻한 사람이었다.

　그가 우리의 표를 검사하는 대신 가벼운 눈인사를 하며 두 번 지나가고 열차는 에든버러에 도착했다. 우리는 편지 한 장을 꼭 쥐고, 이미 내렸어야 했던 열차에서 내렸다. 이 편지 한 장을 받기 위해 아침부터 참 많은 것들이 잘 안 되었다고 생각했다. 열차에서 내내 알아보았지만, 우리에겐 오늘 밤의 계획이 없었다. 백발의 검표원이 추천했던 에든버러 역사 내 숙소는 이미 만실이었다. 하는 수 없이 일단 새 도시와 눈도장이라도 찍자며 역사 밖으로 나왔을 때, 나는 아주 오랜만에 탄성을 질렀다.

　유럽에 온 지 134일이 되던 날이었다. 흔히 말하는 '유럽스러움'에 가슴이 설렌 지도 제법 오래되었었다. 그런데 밤이 내린 에든버러 한복판에서 그 134일의 역치는 턱없이 부족했다. 오르내리는 도시의 굴곡 속, 언덕 위아래로 자리 잡은 오래된 북방의 건물들. 문득 사람이 아닌 공간에 설레는 이 낯선 마음을 되도록 오래 풀어 두고 싶었다. 우리는 뉴캐슬로 돌아가지 않기로 했다.

우리가 떠나며 생각했던 북쪽의 종점도 마침 에든버러였다. 편지가 마음에 걸렸지만, 우리는 우연히 기차를 히치하이킹한 것이라고 생각기로 했다. 그 편지는 돌아가야 한다는 명령이 아니라, 돌아갈 수 있다는 위로였으니, 백발의 검표원도 우리의 마음이 이곳에 내린 걸 함께 즐거워해 줄 것이라고 멋대로 믿으며.

◇ ◇ ◇

우리는 에든버러에서 글라스고Glasgow로 가는 히치하이킹을 이틀 동안 실패했고, 민은 이제 브라이튼으로 돌아가야겠다고 말했다. 당초의 계획은 여행이 시작되었던 버스정류장까지 함께 돌아가는 것이었다. 하지만 우리는 여기까지 온 것만으로도 충분하다는 걸 말없이 공감하고 있었다. 비가 내리던 날, 민은 혼자 에든버러를 떠났다. 나는 그곳에 나흘을 더 머물렀고, 다시 일주일을 히치하이킹해서 여행이 시작되었던 브라이튼에 돌아왔다.

　나의 여행에서 가장 재미있는 동행이었지만, 이따금 나는 다시는 민과 여행하지 않겠다고 다짐하기도 했었다. 그리고 다시 혼자 히치하이킹을 하는 동안, 역시 함께 여행하는 것이 생각보다 더 어려운 일이었다고 생각했다. 누구의 잘못도 아니었다. 그저 비슷해 보일지라도 터무니없이 다른 두 존재가 하나의 길을 갈 때의 필연적 성장통이랄까. 우리가 함께한 우여곡절이 끝나고도 우리는 여전히 서로를 충분히 이해하진 못했다.

　다만 신기한 것은, 우리가 각자의 시간을 돌아 출발했던 곳에서 다시 만났을 때, 나는 우리를 밤마다 부딪게 만들었던 대부분의 이유들이 기억나지 않았다. 정말 사소했었던 탓일까, 그날그날 모두 털어 냈던 탓일까. 기억은 함부로 좋은 것만 남겨 놓았고, 우리는 어느새 편한 친구가 되어 있었다. 문득 우리가 또 함께 여행을 떠날지도 모르겠다고 생각했다. 그래서 우린 웃으며 약속했다.

"다시 함께 여행하진 말자."

런던으로
가는 길

차에 소똥 냄새가 나는데 괜찮겠냐고 묻던 소장수는 나를 남쪽 방향 휴게소에 내려 주었다. 런던으로 돌아가는 길이었다. 소장수가 오늘 사러 가는 소는 시골 마을에 있었으므로 우리의 동행은 여기까지였다. 잠시 쉬었다 가기 위해 휴게소 건물로 향하던 때, 맥주 한 묶음을 들고 가는 남자와 눈이 마주쳤다. 검정 가죽조끼에 문신이 그득한 팔뚝, 바짝 세운 머리. 제법 오래 여행을 하고도 외양에 대한 첫인상 하나로 괜한 불안을 조장하는 게 나의 고집 센 고정관념이 하는 일이었다. 남자는 자신의 커다란 트럭으로 향하고 있었다.

여러 번 히치하이킹을 하도록 나는 트럭에 오른 적은 없었다. 트럭의 운전석은 길가에 선 나와 눈높이가 맞지 않기도 했고, 트럭의 묘한 위압감 때문에 내가 잘 다가가지 않기도 했다. 그런 내가 눈이 마주친 그 트럭운전수에게 런던으로 가느냐고 물었던 건 무조건 반사 같은 것이었다. 그는 시큰둥하게 타라고 말했고, 나는 높다란 트럭에 타기 위해 사다리를 오르면서도 그에게 물어본 것을 내심 후회했다.

　다행히 트럭이 너무 큰 덕에 운전석과 조수석에는 안전을 담보할 만큼 충분한 거리가 있었다. 무슨 일이 생긴들 달리는 3미터 높이의 트럭에서 무얼 할 수 있겠냐마는, 낯선 운전수와 조금 멀다는 것만으로도 조금은 안심했다. 물론, 아무런 일도 없었다. 그는 스코틀랜드에서 동유럽까지 가는 중이었고, 혼자 가는 긴 여정에 합류한 동행은 내가 처음인 듯했다. 무심히 자신의 트럭 자랑으로 시작한 그의 이야기는 은근히 계속됐다. 그는 내가 궁금한 게 아니라, 그저 대화 상대가 있음에 신이 난 듯했다. 그러다 그는 난데없이 내게 다음 여행지로 태국을 추천하기 시작했다.

"인형 같은 천사들이 있어, 천사 인형!"

　그는 태국을 사랑한다 말했다. 태국엔 아름다운 여성들이 많다며 그는 핸드폰의 사진들을 보여 주었다. 'Angel dolls'라는 간판 아래 선 여성들의 사진을 지나, 거기서 만나 결혼한 태국인 아내, 태국의 한 섬에 짓고 있는 그의 집 사진들까지. 그의 마음은 그곳을 고향으로 삼은 듯했다. 문제는 그가 사진들을 자랑하며 핸들을 놓는다는 것이었다.

태국 사진을 한 장 볼 때마다 3미터짜리 트럭은 슬며시 차선을 벗어났다. 본 적 없는 높이에서 고속도로를 바라보다 트럭이 삐뚜로 달리면 나는 말없이 의자를 붙들고, 주인 잃은 핸들과 잘못된 각도의 창밖 풍경을 번갈아 보았다. 그렇게 트럭이 두 차선을 독차지할 즈음이 되면, 나의 소리 없는 주문을 들었는지, 그는 핸들을 한 번 틀어 놓고 다시 핸드폰을 보았다. 아무래도 먼 바깥의 고속도로를 내달리는 그의 마음은 부단히 집으로 향하고 있는 듯했다.

살랑살랑 두 차선을 오가던 트럭은 무탈히 나를 내려 주었다. 자랑이 끝나고 다시 시큰둥해진 그의 인사를 뒤로하고 사다리를 내려왔다. 땅을 밟자 긴장감도 잦아들었다. 이제 히치하이킹을 한 번 정도만 더 하면 런던에 도착할 것 같았다. 고속도로 갓길을 따라 걸었다. 적당해 보이는 장소에서 뒤를 돌아, 마지막으로 엄지를 들었다. 그리고 문득, 멀리 돌아온 나도 이제 집으로 돌아갈 때가 되었다고 생각했다.

여행의
이름들

무엇도 하고 싶지 않다며 여행을 시작했던 내게도 나름 꾸준히 해 온 무엇 하나가 있었다. 길에서 만난 이들의 이름을 적는 일.

나는 할 줄 아는 게 없었다. 길거리에서 음악을 연주하지도, 춤을 출 줄도, 그림을 그려 내지도, 무언가를 만들 줄도 몰랐다. 그런 내겐 여행에서 만난 누군가와 나눌 수 있는 게 없는 듯했다. 그래서 여행을 떠나기도 전에 괜한 무력감에 시달리던 내게 한 친구는 사람들이 하는 것들 중에 내가 뭘 할 수 있는지가 아니라, 내가 할 수 있는 것들 중 무얼 나눌 수 있을지를 생각해 보라 말했다. 그렇게 나는 만나는 이들의 이름을 한글로 쓰기 시작했다. 아무것도 하지 못해서 시작한, 아무도 잘 하지 않는 일이었다. 구태여 붓펜을 챙겼던 것은 특별해 보이고자 하는 나의 몸부림이었으리라.

한참의 시간과 수많은 이름들을 지나고 보니 이 하나의 반복된 행위는 내가 여행을 기억하는 방법이 되어 있었다. 탐페레를 멜리사로, 프라하를 치프리로, 프랑크푸르트를 야콥으로. 나는 지나온 도시들을 그곳에서 함께한 이들의 이름들로 기억한다. 어느 멋진 풍경을 다시 한 번 돌아보듯, 나는 내 앞에 있는 이의 이름을 적었다. 그리고 그 기억의 기록을 그들에게 선물했다. 그 작은 종이 한 장으로 우리는 언제 어디선가 다시 서로를 알아볼지도 모른다며. 그들의 일상엔 작은 흔적을, 내 기억엔 짧은 이름을 남겼다.